周作人著作

藥堂雜文

钟叔河——编订

岳麓書社·长沙

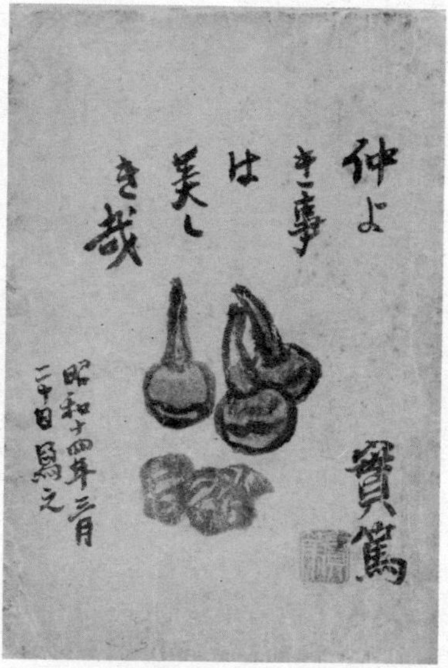

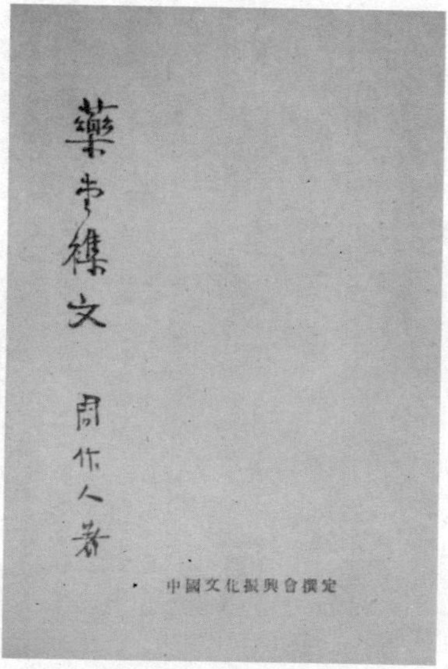

新民印书馆本《药堂杂文》（左为封面，右为扉页）

编者的话

锺叔河

一九八七年一月三日《光明日报》上，岳麓书社刊出了我拟稿的一帧广告（左图），宣布了书社和我对重印周作人著作的观点：

“人归人，文归文。周作人其人的是非功过是另一问题，其书的主要内容是对传统文化和国民性进行反思，对中国—西方和中国—日本的文化历史进行比较研究，今之读者却不可不读。……”

随即便开始出书。既出周作人著作的单行本，也出精装合订本。两年之间，出了二十四种。

书当然不是想出便能出的，得按规矩，走程序。周家授权了，报告批复了，宋木文、杨牧之、伍杰各位领导都当面或来信表示应允和支持了，便能够出了。

出就得出好。当时强调了两条：（一）因为均系据旧本重印，所以一定要认真校订，尽力改正旧本误植失校的错误；（二）因为手稿不存，无法对勘，所以一定要详出校记，改动处一概保留原文，承担责任。

这两条，读者看来大都是认可的。直到如今，在旧书网上，八十年代“岳麓版”的周作人著作，始终都卖得不错。

现在，岳麓书社决定又来出版周作人著作，仍然要我负责编订，做法则一仍其旧。主要还是这些书，还是这两条，新的广告也就不必再做了。

鄢琨君三十年前和我同编了这些书，此次仍然合作，蒋浩君也参加了进来。校记原列表在书末，如今改作尾注。二君新增校改之处，分别标出“鄢校”“蒋校”，特此说明，并志感谢。

二〇一八年五月十五日于长沙。

出版题记

《药堂杂文》，一九四四年一月新民印书馆印行，有序一，收文二十七篇。封面是武者小路实笃的一幅画，扉页才印书名，还有一行字“中国文化振兴会撰定”，说明是日本统治下出版的。今即据此版本校订重印。

今将原合算一篇的《名人书简抄存》计作两篇，全书计二十八篇，编作三分。第一分《汉文学的传统》等四篇，是关于中国文学和中国思想的论文。第二分十三篇，《读书的经验》等篇为第一分的馀论，《女学一席话》等篇谈妇女问题。第三分十一篇则是忆旧怀人之作和较长篇的读书录。总之均可谓“大品正宗文字”，这也就是《药味集》后的又一“正集”了。作者自称为“道德的话”，当“留意其思想的分子”，因为“都是经过考虑的，即使形式上有近似古文处，其内容却不是普通古文中所有”。

武者小路实笃是和周作人同年的日本小说家，新村运动的发起人。周于一九一九年去日本访问新村时与其订交。他一九四一年来华，曾访周。他素喜美术，能画，“新民版”封面上的画即其所赠，题词意云，（荸荠与菱角）两样一起也好呀。落款昭和十四年，即一九三九年、民国二十八年。

二〇二〇年五月二十八日，锺叔河。

目录

第三分

《药堂杂文》序

本集所收文共二十七篇[①]，计民国廿九年作十五篇，近两年所作十二篇，最初拟名《一蒉轩笔记》，今改定为《药堂杂文》。编好之后重阅一过，觉得这些杂文有什么新的倾向么？简单的回答一个字，不。照例说许多道德的话，这在民国十四年《雨天的书》序里已经说明，不算新了。写的文章似乎有点改变，仿佛文言的分子比较多了些。其实我的文章写法并没有变，其方法是，意思怎么样写得好就怎么写，其分子句法都所不论。假如这里有些古文的成分出现，便是这样来的，与有时有些粗话俗字出现正是同一情形，并不是忽然想做起古文来了。说到古文，这本来并不是全要不得的东西，正如前清的一套衣冠，自小衫裤以至袍褂大帽，有许多原是可用的材料，只是不

【锺校】

① 今收入二十八篇。

能再那样的穿戴，而且还穿到汗污油腻。新文学运动的时候，虽然有人嚷嚷，把这衣冠撕碎了扔到茅厕里完事，可是大家也不曾这么做，只是脱光了衣服，像我也是其一，赤条条的先在浴堂洗了一个澡，再来挑拣小衣衬衫等洗过了重新穿上，开衩袍也缝合了可以应用，只是白细布夹袜大抵换了黑洋袜了罢，头上说不定加上一顶深茶色的洋毡帽。中华民国成立后的服色改变，原来也便是这样，似乎没有什么可以奇怪的地方。朝服的舍利狲成为很好的冬大衣，蓝色实地纱也何尝不是民国的合式的常礼服呢。不但如此，孔雀补服做成椅靠，圆珊瑚顶拿来镶在手杖上，是再好也没有的了，问题只是不要再把补服缀在胸前，珊瑚顶装在头上，用在别处是无所不可的。我们的语体文大概就是这样的一副样子，实在是怪寒伧的，洋货未尝不想多用，就生活状况看来还只得利用旧物，顶漂亮的装饰大约也单是一根珊瑚杖之类罢了。

假如这样便以为是复古，未免所见太浅，殆犹未曾见过整本的古文，有如乡下人见手杖以为是在戴红顶了。还有一层，值得特别指出的是，现今的语体文是已经洗过了一个澡来的，虽然仍旧穿的是大衫小衫以至袍子之类，身体却是不同了。这一点是应当看重的，我看人家的文章常有一种偏见，留意其思想的分子，自己写时也是如此。在家人也不打诳话，这些文章虽然写得不好，都是经过考虑的，即使形式上有近似古文处，其内容却不是普通古文中所有。语云，文学即是宣传。今写序文，如此声明一下，有似起首老店的广告，亦正合式，或当不至为读者们所笑也。

民国癸未十二月三十日。

第一分

汉文学的传统

这里所谓汉文学，平常说起来就是中国文学，但是我觉得用在这里中国文学未免意思太广阔，所以改用这个名称。中国文学应当包含中国人所有各样文学活动，而汉文学则限于用汉文所写的，这是我所想定的区别，虽然外国人的著作不算在内。中国人固以汉族为大宗，但其中也不少南蛮北狄的分子，此外又有满蒙回各族，而加在中国人这团体里，用汉文写作，便自然融合在一个大潮流之中，此即是汉文学之传统，至今没有什么变动。要讨论这问题不是容易事，非微力所能及，这里不过就想到的一两点略为陈述，聊贡其一得之愚耳。

这里第一点是思想。平常听人议论东方文化如何，中国国民性如何，总觉得可笑，说得好不过我田引水，否则是皂隶传话，尤不堪闻。若是拿专司破坏的飞机潜艇与大乘佛教相比，当然显得大不相同，但是查究科学文明的根源到了希腊，他自有其高深的文教，并不亚于中国，即在西洋也尚存有基督教，实在是东方的出品，所以东西的辩论只可作为政治宗教之争的资料，我们没有关系的人无须去理会他。至于国民性本来似乎有这东西，可是也极不容易把握得住，说得细微一点，衣食住方法不同于性格上便可有很大差别，如吃饭与吃面包，即有用筷子与用刀叉之异，同时也可以说是用毛笔与铁笔不同的原因，这在文化上自然就很有些特异的表现。但如说得远大一点，人性总是一样的，无论怎么特殊，难道真有好死恶生的民族么？抓住一种国民，说他有好些拂人之性的地方，不管主意是好或是坏，结果只是领了题目做文章的八股老调罢了，看穿了是不值一笑的。我说汉文学的传统中的思想，恐怕会被误会也是那赋得式的理论，所以岔开去讲了些闲话，其实我的意思是极平凡的，只想说明汉文学里所有的中国思想是一种常识的，实际的，姑称之曰人生主义，这实即古来的儒家思想。后世的儒教徒一面加重法家的成分，讲名教则专为强者保障权利，一面又接受佛教的影响，谈性理则走入玄学里去，两者合起来成为儒家衰微的缘因。但是我想原来当不是如此的。《孟子》卷四《离娄下》有一节云：

> 禹稷当平世，三过其门而不入，孔子贤之。颜子当乱世，居于陋巷，一箪食，一瓢饮，人不堪其忧，颜子不改其乐，孔子贤之。孟子曰，禹稷颜回同道。禹思天下有溺者，由己溺之也，稷思天下有饥者，由己饥之也，是以如是其急也。禹稷颜子易地则皆然。今有同室之人斗者，救之，虽被发缨冠而救之，可也。乡邻有斗者，被发缨冠而往救之，则惑也，虽闭户可也。

末了的譬喻有点不合事理，但上面禹稷颜回并列，却很可见儒家的本色。我想他们最高的理想该是禹稷，但是儒家到底是懦弱的，这理想不知何时让给了墨者，另外排上了一个颜子，成为闭户亦可的态度，以平世乱世同室乡邻为解释，其实颜回虽居陋巷，也要问为邦等事，并不是怎样消极的。再说就是消极，只是觉得不能利人罢了，也不会如后世“酷儒莠书”那么至于损人吧。焦理堂著《易馀龠录》卷十二有一则云：

> 先君子尝曰，人生不过饮食男女，非饮食无以生，非男女无以生生。唯我欲生，人亦欲生，我欲生生，人亦欲生生，孟子好货好色之说尽之矣。不必屏去我之所生，我之所生生，但不可忘人之所生，人之所生生。循学《易》三十年，乃知先人此言圣人不易。

此真是粹然儒者之言，意思至浅近，却亦以是就极深远，是我所谓常识，故亦即真理也。刘继庄著《广阳杂记》卷二云：

余观世之小人未有不好唱歌看戏者，此性天中之《诗》与《乐》也，未有不看小说听说书者，此性天中之《书》与《春秋》也，未有不信占卜祀鬼神者，此性天中之《易》与《礼》也。圣人六经之教原本人情，而后之儒者乃不能因其势而利导之，百计禁止遏[①]抑，务以成周之刍狗茅塞人心，是何异壅川使之不流，无怪其决裂溃败也。夫今之儒者之心为刍狗之所塞也久矣，而以天下大器使之为之，爰以图治，不亦难乎。

案《淮南子·泰族训》中云：

民有好色之性，故有大婚之礼；有饮食之性，故有大飨之谊；有喜乐之性，故有钟鼓管弦之音；有悲哀之性，故有衰绖哭踊之节。故先王之制法也，因民之所好而为之节文者也。

古人亦已言之，刘君却是说得更有意思。由是可知先贤制礼定法全是为人，不但推己及人，还体贴人家的

【锺校】

①“遏”原作“逼”。

意思，故能通达人情物理，恕而且忠，此其所以为一贯之道欤。章太炎先生著《蓟汉微言》中云：

仲尼以一贯为道为学，贯之者何，只忠恕耳。诸言絜矩之道，言推己及人者，于恕则已尽矣。人食五谷，麋鹿食荐，即且甘带，鸱鸮嗜鼠，所好未必同也。虽同在人伦，所好高下亦有种种殊异，徒知絜矩，谓以人之所好与之，不知适以所恶与之，是非至忠焉能使人得识[①]耶。尽忠恕者是唯庄生能之，所云齐物即忠恕两举者也。二程不悟[②]，乃云佛法厌弃己身，而以头目脑髓与人，是以己所不欲施人也。诚如是者，鲁养爰居，必以太牢九韶耶？以法施人，恕之事也，以财及无畏施人，忠之事也。

用现在的话来说，恕是用主观，忠是用客观的，忠恕两举则人己皆尽，诚可称之曰圣，为儒家之理想矣。此种精神正是世界共通文化的基本分子，中国人分得一点，不能就独占了，以为了不得，但总之是差强人意的事，应该知道珍重的罢。我常自称是儒家，为朋友们所笑，实在我是佩服这种思想，平常而实在，看

【锺校】

①“识”原作“职”。

②“悟”原作“梧”。

来毫不新奇，却有很大好处，正好比空气与水，我觉得这比较昔人所说布帛菽粟还要近似。中国人能保有此精神，自己固然也站得住，一面也就与世界共通文化血脉相通，有生存于世界上的坚强的根据，对于这事我倒是还有点乐观的。儒家思想既为我们所自有，有如树根深存于地下，即使暂时衰萎，也还可以生长起来，只要没有外面的妨害，或是迫压，或是助长。你说起儒家，中国是不会有什么迫压出现的，但是助长则难免，而其害处尤为重大，不可不知。我常想孔子的思想在中国是不会得绝的，因为孔子生于中国，中国人都与他同系统，容易发生同样的倾向，程度自然有深浅之不同，总之无疑是一路的，所以有些老辈的忧虑实是杞忧。我只怕的是儒教徒的起哄，前面说过的师爷化的酷儒与禅和子化的玄儒都起来，供着孔夫子的牌位大做其新运动，就是助长之一，结果是无益有损，至少苗则槁矣了。对于别国文化的研究也是同样，只要是自发的，无论怎么慢慢的，总是在前进，假如有了别的情形，或者表面上成了一种流行，实际反是僵化了。我想如要恢复到原来状态，估计最少须得五十年工夫。

说到这里，我觉得上边好些不得要领的话现在可以结束起来了。汉文学里的思想我相信是一种儒家的人文主义（Humanism），在民间也未必没有，不过现在只就汉文的直接范围内说而已。这自然是很好的东西，希望他在现代也仍强健，成为文艺思想的主流，但是同时却并无一毫提倡的意思，因为我深知凡有助长于一切事物都是有害的。为人生的文学如被误解了，便会变为流氓的口气或是慈善老太太的态度，二者同样不成东西，可以为鉴。俞理初著《癸巳存稿》卷四有文题曰《女》，中引《庄子·天道》篇数语，读了很觉得喜欢，因查原书具抄于此云：

> 昔者舜问于尧曰，天王之用心何如？尧曰，吾不敖无告，不废穷民，苦死者，嘉孺子而哀妇人，此吾所以用心已。

此与禹稷的意思正是一样。文人虽然比不得古圣先王，空言也是无补，但能如此用心，庶几无愧多少年读书作文耳。

还有第二点应当说，这便是文章。但是上边讲了些废话，弄得头重脚轻，这里只好不管，简单地说几句了事。汉文学是用汉字所写的，那么我们对于汉字不可不予以注意。中国话虽然说是单音，假如一直从头用了别的字母写了，自然也不成问题，现在既是写了汉字，我想恐怕没法更换，还是要利用下去。《尚书》实在太是古奥了，不知怎的觉得与后世文体很有距离，暂且搁在一边不表，再看《诗》与《易》，《左传》与《孟子》，便可见有两路写法，就是现在所谓选学与桐城这两派的先祖，我们各人尽可以有赞成不赞成，总之这都不是偶然的，用时式话说即是他自有其必然性也。从前我在论八股文的一篇小文里曾说："汉字这东西与天下的一切文字不同，连日本朝鲜在内。他有所谓六书，所以有象形会意，有偏旁，有所谓四声，所以有平仄。从这里，必然地生出好些文章上的把戏。"这里除重对偶的骈体，讲腔调的古文外，还有许多雅俗不同的玩艺儿，例如对联、诗钟、灯谜，是雅的一面；急口令、笑话以至拆字，要归到俗的一面去了，可是其生命同样的建立在汉字上，那是很明显的。我们自己可以不做或不会做诗钟之类，可是不能无视他的存在和势力，这会向不同的方面出来，用了不同的形式。近几年来大家改了写白话文，仿佛是变换了一个局面，其实还是用的汉字，仍旧变不到哪里去，而且变的一点里因革又不一定合宜，很值得一番注意。白话文运动可以说是反对"选学妖孽桐城谬种"而起来的，讲到结果则妖孽是走掉了，而谬种却依然流传着，不必多所拉扯，只看洋八股这名称，即是确证。盖白话文是散文中之最散体的，难以容得骈偶的辞或句，但腔调还是用得着，因了题目与著者的不同，可以把桐城派或八大家，《古文观止》或《东莱博议》应用上去，结果并没有比从前能够改好得多少。据我看来，这因革实在有点儿弄颠倒了。我以为我们现在写文章重要的还要努力减少那腔调病，与制艺策论愈远愈好，至于骈偶倒不妨设法利用，因为白话文的语汇少欠丰富，句法也易陷于单调，从汉字的特质上去找出一点妆饰性来，如能用得适合，或者能使营养不良的文章增点血色，亦未可知。不过这里的难题①是在于怎样应用，我自己还不能说出办法来，不知道敏感的新诗人关于此点有否注意过，可惜一时无从查问。但是我总自以为这意见是对的，假如能够将骈文的精华应用一点到白话文里去，我们一定可以写出比现在更好的文章来。我又恐怕这种意思近于阿芙蓉，虽然有治病的效力，乱吸了便中毒上瘾，不是玩耍的事。上边所说思想一层也并不是没有同样的危险。我近来常感到，天下最平常实在的事往往近于新奇，同时也容易有危险气味，芥川氏有言，危险思想者，欲将常识施诸实行之思想是也，岂不信哉。

（廿九年三月廿七日）

【锺校】

①“难题”原作“难问题”。

中国的思想问题

中国的思想问题，这是一个重大的问题，但是重大，却并不严重。本人平常对于一切事不轻易乐观，唯独对于中国的思想问题却颇为乐观，觉得在这里前途是很有希望的。中国近来思想界的确有点混乱，但这只是表面一时的现象，若是往远处深处看去，中国人的思想本来是很健全的，有这样的根本基础在那里，只要好好的培养下去，必能发生滋长，从这健全的思想上造成健全的国民出来。

这中国固有的思想是什么呢？有人以为中国向来缺少中心思想，苦心的想给他新定一个出来，这事很难，当然不能成功，据我想也是大可不必的，因为中国的中心思想本来存在，差不多几千年来没有什么改变。简单的一句话说，这就是儒家思想。可是，这又不能说的太简单了，盖在没有“儒”这名称之前，此思想已经成立，而在士人已以八股为专业之后也还标榜儒名，单说儒家，难免淆混不清，所以这里须得再申明之云，此乃是以孔孟为代表，禹稷为模范的那儒家思想。举实例来说最易明了，《孟子》卷四《离娄下》云：

禹稷当平世，三过其门而不入，孔子贤之。颜子当乱世，居于陋巷，一箪食，一瓢饮，人不堪其忧，颜子不改其乐，孔子贤之。孟子曰，禹稷颜回同道。禹思天下有溺者，由己溺之也，稷思天下有饥者，由己饥之也，是以如是其急也。禹稷颜子易地则皆然。

卷一《梁惠王上》云：

五亩之宅，树之以桑，五十者可以衣帛矣。鸡豚狗彘之畜，无失其时，七十者可以食肉矣。百亩之田，勿夺其时，数口之家可以无饥矣。谨庠序之教，申之以孝悌之义，颁白者不负戴于道路矣。七十者衣帛食肉，黎民不饥不寒，然而不王者，未之有也。

后者所说具体的事，所谓仁政者是也，前者是说仁人之用心，所以儒家的根本思想是仁，分别之为忠恕，而仍一以贯之，如人道主义的名称有误解，此或可称为人之道也。阮伯元在《论语论仁论》中云：

《中庸篇》，仁者人也。郑康成注，读如相

人偶之人。相人偶者谓人之偶之也，凡仁必于身所行者验之而始见，亦必有二人而仁乃见，若一人闭户齐居，瞑目静坐，虽有德理在心，终不得指为圣门所谓之仁矣。盖士庶人之仁见于宗族乡党，天子诸侯卿大夫之仁见于国家臣民，同一相人偶之道，是必人与人相偶而仁乃见也。

这里解说儒家的仁很是简单明了，所谓为仁直捷的说即是做人，仁即是把他人当做人看待，不但消极的己所不欲勿施于人，还要以己所欲施于人，那就是己欲立而立人，己欲达而达人，更进而以人之所欲施之于人，那更是由恕而至于忠了。章太炎先生在《菿汉微言》中云：

仲尼以一贯为道为学，贯之者何，只忠恕耳。诸言絜矩之道，言推己及人者，于恕则已尽矣。人食五谷，麋鹿食荐，即且甘带，鸱鸦嗜鼠，所好未必同也。虽同在人伦，所好高下亦有种种殊异，徒知絜矩，谓以人之所好与之，不知适以所恶与之，是非至忠焉能使人得识[①]耶。尽忠恕者是唯庄生能之，所云齐物即忠恕两举者也。二程不悟，乃云佛法厌弃己身，而以头目脑

【锺校】

①“识”原作“职”。

髓与人，是以己所不欲施人也。诚如是者，鲁养爰居，必以太牢九韶耶？以法施人，恕之事也，以财及无畏施人，忠之事也。

忠恕两尽，诚是为仁之极致，但是顶峰虽是高峻，其根础却也很是深广，自圣贤以至凡民，无不同具此心，各得应其分际而尽量施展，如阮君所言，士庶人之仁见于宗族乡党，天子诸侯卿大夫之仁见于国家臣民，有如海水中之盐味，自一勺以至于全大洋，量有多少而同是一味也。还有一点特别有意义的，我们说到仁仿佛是极高远的事，其实倒是极切实，也可以说是卑近的，因为他的根本原来只是人之生物的本能。焦理堂著《易馀龠录》卷十二有一则云：

先君子尝曰，人生不过饮食男女，非饮食无以生，非男女无以生生。唯我欲生，人亦欲生，我欲生生，人亦欲生生，孟子好货好色之说尽之矣。不必屏去我之所生，我之所生生，但不可忘人之所生，人之所生生。循学《易》三十年，乃知先人此言圣人不易。

案《礼记·礼运》篇云："饮食男女，人之大欲存焉，死亡贫苦，人之大恶存焉。"说的本是同样的道理，但经焦君发挥，意更明显。饮食以求个体之生存，男女以求种族之生存，这本是一切生物的本能，进化论者所谓求生意志，人也是生物，所以这本能自然也是有的。不过一般生物的求生是单纯的，只要能生存便不问手段，只要自己能生存，便不惜危害别个的生存，人则不然，他与生物同样的要求生存，但最初觉得单独不能达到目的，须与别个联络，互相扶助，才能好好的生存，随后又感到别人也与自己同样的有好恶，设法圆满的相处。前者是生存的方法，动物中也有能够做到的，后者乃是人所独有的生存道德，古人云人之所以异于禽兽者几希，盖即此也。此原始的生存的道德，即为人的根苗，为人类所同具，但是人心不同各如其面，各民族心理的发展也就分歧，或由求生存而进于求永生以至无生，如犹太印度之趋向宗教，或由求生存而转为求权力，如罗马之建立帝国主义，都是显著的例，唯独中国固执着简单的现世主义，讲实际而又持中庸，所以只以共济即是现在说的烂熟了的共存共荣为目的，并没有什么神异高远的主张。从浅处说这是根据于生物的求生本能，但因此其根本也就够深了，再从高处说，使物我各得其所，是圣人之用心，却也是匹夫匹妇所能着力，全然顺应物理人情，别无一点不自然的地方。我说健全的思想便是这个缘故。这又是从人的本性里出来的，与用了人工从外边灌输进去的东西不同，所以读书明理的士人固然懂得更多，就是目不识一丁字，并未读过一句圣贤书的老百姓也都明了，待人接物自有礼法，无不合于圣贤之道。我说可以乐观，其原因即在于此。中国人民思想本于儒家，最高的代表自然是孔子，但是其理由并不是因为孔子创立儒家，殷殷传道，所以如此，无宁倒是翻过来说，因为孔子是我们中国人，所以他代表中国思想的极顶，即集大成也。国民思想是根苗，政治教化乃是阳光与水似的养料，这固然也重要，但根苗尤其要紧，因为属于先天的部分，或坏或好，不是外力所能容易变动的。中国幸而有此思想的好根苗，这是极可喜的事，在现今百事不容乐观的时代，只这一点我觉得可以乐观，可以积极的声明，中国的思想绝对没有问题。

不过乐观的话是说过了，这里边却并不是说现在或将来没有忧虑，没有危险。俗语说，有一利就有一弊。在中国思想上也正是如此。但这也是难怪的，民非水火不生活，而洪水与大火之祸害亦最烈，假如对付的不得法，往往即以养人者害人。中国国民思想我们觉得是很好的，不但过去时代相当的应付过来了，就是将来也正可以应用，因为世界无论怎么转变，人总是要做的，而做人之道也总还是求生存，这里与他人共存共荣也总是正当的办法吧。不过这说的是正面，当然还有其反面，而这反面乃是可忧虑的。中国人民生活的要求是很简单的，但也就很切迫，他希求生存，他的生存的道德不愿损人以利己，却也不能如圣人的损己以利人。别的宗教的国民会得梦想天国近了，为求永生而蹈汤火，中国人没有这样的信心，他不肯为了神或为了道而牺牲，但是他有时也会蹈汤火而不辞，假如他感觉生存无望的时候，所谓铤而走险，急将安择也。孟子说仁政以黎民不饥不寒为主，反面便是仰不足以事父母，俯不足以畜妻子，乐岁终身苦，凶年不免于死亡，则是丧乱之兆，此事极简单，故述孔子之言曰，道二，仁与不仁而已矣。仁的现象是安居乐业，结果是太平，不仁的现象是民不聊生，结果是乱。这里我们所忧虑的事，所说的危险，已经说明了，就是乱。我尝查考中国的史书，体察中国的思想，于是归纳的感到中国最可怕的是乱，而这乱都是人民求生意志的反动，并不由于什么主义或理论之所导引，乃是因为人民欲望之被阻碍或不能满足而然。我们只就近世而论，明末之张李，清季之洪杨，虽然读史者的批评各异，但同为一种动乱，其残毁的经过至今犹令谈者色变，论其原因也都由于民不聊生，此实足为殷鉴。中国人民平常爱好和平，有时似乎过于忍受，但是到了横决的时候，却又变了模样，将原来的思想态度完全抛在九霄云外，反对的发挥出野性来，可是这又怪谁来呢？俗语云，相骂无好言，相打无好拳。以不仁召不仁，不亦宜乎？现在我们重复的说，中国思想别无问题，重要的只是在防乱，而防乱首在防造乱，此其责盖在政治而不在教化。再用孟子的话来说，我们的力量不能使七十者衣帛食肉，黎民不饥不寒，也总竭力要使得不至于仰不足以事父母，俯不足以畜妻子，乐岁终身苦，凶年不免于死亡，不去造成乱的机会与条件，这虽是①消极的工作，但其功验要比肃正思想大得多，这虽然与西洋外国的理论未必合，但是从中国千百年的史书里得来的经验，至少在本国要更为适切相宜。过去的史书真是国家之至宝，在这本总账上国民的健康与疾病都一一记录着，看了流寇始末，知道这中了什么毒，但是想到王安石的新法反而病民，又觉得补药用的不得法也会致命的。古人以史书比作镜鉴，又或冠号曰“资治”，真是说的十分恰当。我们读史书，又以经子诗文均作史料，从这里直接去抽取结论，往往只是极平凡的一句话，却是极真实，真是国家的脉案和药方，比伟大的高调空论要好得多多。曾见《老学庵笔

【锺校】

①“是”原作“然”。

记》卷一有一则云：

青城山上官道人，北人也，巢居食松麨[1]，年九十矣，人有谒之者，但粲然一笑耳，有所请问则托言病聩，一语不肯答。予尝见之于丈人观道院，忽自语养生曰，为国家致太平与长生不死皆非常人所能然，且当守国使不乱以待奇才之出，卫生使不夭以须异人之至，不乱不夭皆不待异术，惟谨而已。予大喜，从而叩之，则已复言聩矣。

这一节话我看了非常感服，上官道人虽是道士，不夭不乱之说却正合于儒家思想，是最小限度的政治主张，只可惜言之非艰，行之维艰耳。我尝叹息说，北宋南宋以至明的季世差不多都是成心在做乱与夭，这实在是件奇事，但是展转仔细一想，现在何尝不是如此，正如路易十四明知洪水在后面会来，却不设法为百姓留一线生机，俾得大家有生路，岂非天下之至愚乎。书房里读《古文析义》，杜牧之《阿房宫赋》末了云，“秦人不暇自哀而后人哀之，后人哀之而不鉴之，亦使后人而复哀后人也”，当时琅琅然诵之，以为声调至佳，及今思之，乃更觉得意味亦殊深长也。

【锺校】

①“麨”原作“麪”。

上边所说，意思本亦简单，只是说得啰嗦了，现在且总括一下。我相信中国的思想是没有问题的，因为他有中心思想永久存在，这出于生物的本能，而止于人类的道德，所以是很坚固也很健全的。别的民族的最高理想有的是为君，有的是为神，中国则小人为一己以及宗族，君子为民，其实还是一物。这不是一部分一阶级所独有，乃是人人同具，只是广狭程度不同，这不是圣贤所发起，逐渐教化及于众人，乃是倒了过来，由众人而及于圣贤，更益提高推广的。因为这个缘故，中国思想并无什么问题，只须设法培养他，使他正当长发便好。但是又因为中国思想以国民生存为本，假如生存有了问题，思想也将发生动摇，会有乱的危险，此非理论主义之所引起，故亦非文字语言所能防遏。我这乐观与悲观的两面话恐怕有些人会不以为然，因为这与外国的道理多有不合。但是我相信自己的话是极确实诚实的，我也曾虚心的听过外国书中的道理，结果是止接受了一部分关于宇宙与生物的常识，若是中国的事，特别是思想生活等，我觉得还是本国人最能知道，或者知道的最正确。我不学爱国者那样专采英雄贤哲的言行做例子，但是观察一般民众，从他们的庸言庸行中找出我们中国人的人生观，持与英雄贤哲比较，根本上亦仍相通，再以历史中治乱之迹印证之，大旨亦无乖谬[1]，故自信所说虽浅，其理颇正，识者当能辨之。陈旧之言，恐多不合时务，即此可见其才之拙，但于此亦或可知其意之诚也。

（三十一年十一月十八日）

【锺校】

①“谬”原作“胶”。

中国文学上的两种思想*

我们平时读书，往往遇见好些事情，觉得意见纷歧，以至互相抵触，要来辨别决定，很费一番心思，而其结果则多是倾向于少数的，非正宗的方面。这是为什么呢？难道真是有些怪人，如李卓吾俞理初等人，喜欢发为怪论，而这又能惑世诬民么？我想这未必然。据我的意见来说，关于政治道德中国本来有两种绝不同的思想，甲种早起，乙种后来占了势力，可是甲的根本深远，还时常出现，于是成了冲突。简单的用假定的名称来说，这可以说甲是一切都为人民，乙是一切都为君主的主张。这里最好借黄梨洲的现成的话来说明，在《明夷待访录·原君》篇中云：

> 古者以天下为主，君为客，凡君之所毕世而经营者，为天下也。今也以君为主，天下为客，

* 1943年4月13日在南京中央大学的讲演。

凡天下之无地而得安宁者，为君也。

《原臣》篇中云：

天下之大，非一人之所能治，而分治之以群工，故我之出而仕也，为天下，非为君也，为万民，非为一姓也。

又《置相》篇中云：

孟子曰，天子一位，公一位，侯一位，伯一位，子男同一位，凡五等。君一位，卿一位，大夫一位，上士一位，中士一位，下士一位，凡六等。盖自外而言之，天子之去公犹公侯伯子男之递相去，自内而言之，君之去卿犹卿大夫士之递相去，非独至于天子遂截然无等级也。

这几节话已经说的很简要，现在再引经书来加以证明，重要的还是在《孟子》里，如《尽心下》云：

民为贵，社稷次之，君为轻。是故，得乎丘民而为天子，得乎天子为诸侯，得乎诸侯为大夫。诸侯危社稷，则变置。牺牲既成，粢盛既洁，祭祀以时，然而旱干水溢，则变置社稷。

《离娄下》云：

禹稷当平世，三过其门而不入，孔子贤之。颜子当乱世，居于陋巷，一箪食，一瓢饮，人不堪其忧，颜子不改其乐，孔子贤之。孟子曰，禹稷颜回同道。禹思天下有溺者，由己溺之也。稷思天下有饥者，由己饥之也，是以如是其急也。禹稷颜子易地则皆然。

《万章上》说伊尹云：

思天下之民，匹夫匹妇有不被尧舜之泽者，若己推而内之沟中，其自任以天下之重如此。

此外如《万章上》之说天下之民讴歌舜禹，《梁惠王上》《尽心上》之叙五亩之宅等办法，《离娄下》之说君之视臣如土芥则臣视君如寇仇，也都是这宗主张的表现，可以说即是黄梨洲说的根源。孔子并未明白说过，《尚书》多载政事祭祀，也未见说及，但是在传说上很有许多留存，如舜与禹之受禅，许由务光之逃避，禹稷之辛劳，以及汤之祷雨，皆是。据《太平御览》卷八三引《帝王世纪》云：

汤自伐桀后大旱七年，洛川竭。殷史卜曰，当以人祷。汤曰，吾所为请雨者民也，若必以人祷，吾请自当。遂斋戒，剪发断爪，以己为牲，祷于桑林之社。

查照文化人类学的研究，古代君王与野蛮酋长一样，负有燮理阴阳的责任，如或旱干水溢，调整无功，往往有为牲之虞，有如晒城隍神相似。又据说君长的坐立衣食也多有拘束，如坐高座，足不着地之类，我们看《月令》中对于天子之衣的颜色，食的种类，有不近人情的规定，似乎有点近似。所以有些地方找人做酋长，候补者不愿意，有时竟至拒捕。这些《金枝》上的零碎话，虽然都出在非澳[1]各蛮地，却颇可帮助我们证明传说中事实之可能，即使时代与人物未必便那么可以明确认定。在中国有文字纪录的时候，这样的时代早已过去很久了，事实上君权十分确立，其思想当如《洪范》所说，唯辟作福，唯辟作威，唯辟玉食，那是殆无可疑的了。但是在想象中还存留着这么一个影子，成为传说，一直流传下来，而一般思想家中之特殊者也就由此传说而成为理论，于是为人民为天下的思想遂以成立，如孟子，如王介甫，如李卓吾黄梨洲，如俞理初，都是属于这一系的。至于为君主的主张则为君权时代之正宗思想，千百年来说的很是堂皇，但分析起来，大旨只如《明夷待访录》所说，《原君》篇云：

> 后之为人君者，以为天下利害之权皆出于我，我以天下之利尽归于己，以天下之害尽归于人，亦无不可。使天下之人不敢自私，不敢自利，以我之大私为天下之公。

【锺校】

①"澳"原作"奥"。

> 始而惭焉，久而安焉，视天下为莫大之产业，传之子孙，受享无穷，汉高帝所谓某业所就孰与仲多者，其逐利之情不觉溢之于辞矣。

又《原臣》篇云：

> 世之为臣者，以为臣为君而设者也，君分吾以天下而后治之，君授吾以人民而后牧之，视天下人民为人君囊中之私物，今以四方之劳扰，民生之憔悴，足以危吾君也，不得不讲治之牧之之术，苟无系于社稷之存亡，则四方之劳扰，民生之憔悴，虽有诚臣，亦以为纤芥之疾也。

这里批评的很彻透，不过事实上一直具有绝大势力，这大抵起于有史以来，至秦而力量更加大，至宋而理论更加强，以至于今，民国成立以来犹未能清算。但是向民间去看，那里的思想相当保有原来的纯朴，他们现实方面畏惧皇帝的威力，理想方面却仍归依于治水的大禹，养老的西伯，一般老百姓所期待的所谓真命天子，实在即是孟子所云天与之人与之的为人民治事的君，若说弥勒菩萨转世，乃是附带的装点而已。这样看来，现今觉得对立着的两种主张，为君主的思想乃是后起，虽然支持了很久的时间，但其根柢远不及为人民为天下的思想之深长，况且在民国建国以后，这最古老的固有思想也就最为适宜而合理，此其重点当然在于政治道德上，有加以扶植之必要，惟在一般从事于文史工作的人也是[1]很值得注意的事也。

上面所说都是泛论，现在且就文学方面来一看，究竟这两种思想占的势力如何。据理来推测，为君主的主张既在实际上占着势力很大也很久，应当各方面都已侵入浸透了，至少也有相当的根基，但是实在未必如此。文学上现今且只以诗歌为例，据我浅陋的知识说来，大约只有《离骚》一篇可以说是真是这种为君的思想的文学，此外就不大容易再去找寻。这实是无怪的，屈原据[2]《史记》说是楚之同姓，别的诗人忧生悯乱，感念身世，屈子则国事亦即是家事，所以那么特别迫切。可是我们仔细想来，《离骚》的文学价值就在于此么？刘彦和在《文心雕龙》上说得好，叙情怨则郁伊而易感，述离居则怆怏而难怀，论山水则循声而得貌，言节候则披文而见时，枚贾追风而入丽，马杨沿波而得奇，其衣被词人，非一代也。语虽简略，却能得其概要。我们回过去再看《诗经》，差不多也可以这样说。现在且依据《小序》去看，《大雅》与《颂》本来是以政事祭祀为主的篇什，倒是

【锺校】

① 原无“是”字，今增。

② “据”原作“把”。

合例的，但以文学论这部分不占重要的位置，正如后来的郊祀歌一样。《国风》好色而不淫，《小雅》怨诽而不乱，这是很好的诗了，然而其中也有差别。据本文或序语看出确有本事的若干篇中，美少而刺多，诗人之意也只是忧国为主而非思君，至于后世传诵，很有影响的诗则又大都是忧生悯乱的悲哀之作，别一部分是抒情叙景的，随便举例，前者有《黍离》《兔爰》《山有枢》《中谷有蓷》《谷风》《氓》《卷耳》《燕燕》等，后者如《七月》《东山》《野有死麇》《静女》《绸缪束薪》《溱洧》《风雨》《蒹葭》是也。这里所说极不精密，但大概情形也就是如此吧。

关于古今体诗，这里也只得草率的说一下。不能广泛的去查考，只好利用一二选本，如闻人倓的《古诗笺》，张琦的《古诗录》，暂且应用。《古诗十九首》有些评家都以为是逐臣或失志之士之词，这个我们实在看不出来，恐怕大家也有同一感想。阮嗣宗的《咏怀五十首》，陶渊明的大部分的诗，照例是被归入这一类里去的，我们可以重复说关于《诗经》作者的话，他们诚然是忧时，但所忧者乃是魏晋之末的人民的运命，不是只为姓曹的或姓司马的一家也。以后我们且只看唐诗，而且唐诗中也只看杜少陵，因为唐诗固无从谈起，而杜少陵足为其代表，且亦正以每饭不忘君的诗人著名也。这里我所依据的是芸叶盦[1]的二十卷本《杜工部集》，可是恰巧有名的古诗都是早年之作，收在前几卷里，检阅甚便，据我看来，《咏怀》《述怀》与《北征》诸诗，确如东坡所云，可以见其忠义之气，但如说其诗的价值全都在此，那有如说茶只是热得好，事实当然未必如此。老杜这类诗的好处如自己说过，正在其“忧端齐终南，澒洞不可掇”，如上述诸诗外，有《哀江头》《哀王孙》，《新安》《石壕》二吏，《新婚》《垂老》《无家》三别，《悲陈陶》《兵车行》《前后出塞》《彭衙行》《羌村三首》《春望》《月夜忆舍弟》《登岳阳楼》，这些虽然未能泣鬼神，确有惊心动魂之力，此全出于慈爱之情，更不分为己为人，可谓正是文艺的极致。“世乱遭飘荡，生还偶然遂”，我们现在读了，能不感到一种怅惘。我不懂得诗，尤其不敢来讲杜少陵的事情，这里只是乱抓的抓到他，请他帮我证明一下，为君主的思想怎样的做不成好诗，结果倒是翻过来，好诗多是忧生悯乱的，这就是为人民为天下的思想的产物。这也就可以说是中国本来的文学思想的系统，自《诗经》以至杜少陵是如此，以后也是如此，可以一直把民国以来

【锺校】

①“盦”原作“盒”。

的新文学也算在里边。

散文方面的例我没有引，因为这事情太是繁[1]重了，一时来不及着手。在那里面为君主的思想当更占有势力，臣罪当诛天王圣明的话头在诗中难免稍为触目，文中便用得惯了，更肉麻些也还不妨，所以那边的情形自然会得稍有不同，须待查考了再说。但是我相信，至少是依据我对于中国思想与文学的意见来说，这种一切为君主的思想本是后起的，因了时代的关系一时间大占势力，在文化表面上很是蔓延，但是终于扎不下深的根，凡是真正好的文学作品都不是属于这一路的，现在又因了时代的关系明显的已失势力，复兴的应该是那一切为人民为天下的思想，不但这是中国人固有的思想，一直也就是中国文学的基调。这里的例证与说明或者还不甚充足，有待于将来的补订，但我想这两种思想的交代总是无疑的事实，而且此与普通思潮之流行变化不同，乃是与民族的政治文化的运动密切相关，现今从事于文学工作的人正有极须注意之必要。

末了觉得又须加上一点蛇足的说明，以上只是我个人对于中国文学思想之一种观察，应用的范围自然

【锺校】

①“繁”原作“系”。

就以中国为限。自然科学的定理世间只有一个，假如有了两个，其中之一必将被证明为假，若在人文方面便可以容得不同，不好用了一条定例去断定一切，所以论中国的事情，其结论即使正确，其通行范围亦姑且限于本国，不当以此结论妄去应用于外国事情之上，亦不可以外国之结论拿来随便应用。人的头脚虽同，鞋帽却难通用，此小事人无不知者，而吾于此乃犹哓哓费词，此其所以为蛇足也。

（三十二年四月十三日在南京中央大学所讲）

汉文学的前途

今天所谈的是中国新文学之将来，题目却是汉文学，这里须稍有说明。我意想中的中国文学，无论用白话哪一体，总都是用汉字所写，这就是汉文，所以这样说，假如不用汉字而用别的拼音法，注音字母也好，罗马字也好，反正那是别一件东西了，不在我所说的范围以内。因为我觉得用汉字所写的文字总多少接受着汉文学的传统，这也就是他的特色，若是用拼音字写下去，与这传统便渐有远离的可能了。

汉文字的传统是什么，这个问题一时也答不上来，现在只就[①]我感到的一部分来一说，这就是对于人生的特殊态度。中国思想向来很注重人事，连道家也如是，儒家尤为明显，世上所称中国人的实际主义即是从这里出来的。孔孟的话不必多引了，我们只抄

【锺校】

① 此处原衍“就”字，已删。

《孟子·离娄》里的一节话来看。

> 禹稷当平世，三过其门而不入，孔子贤之。颜子当乱世，居于陋巷，一箪食，一瓢饮，人不堪其忧，颜子不改其乐，孔子贤之。孟子曰，禹稷颜回同道。禹思天下有溺者，由己溺之也，稷思天下有饥者，由己饥之也，是以如是其急也。禹稷颜子易地则皆然。

我想这禹稷精神当是中国思想的根本，孔孟也从此中出来，读书人自然更不必说了。在诗歌里自《诗经》《离骚》以至杜甫，一直成为主潮，散文上更为明显，以致后来文以载道的主张发生了流弊，其形势可想而知。这如换一句话说，就可以叫作为人生的艺术，但是他虽执着人生，却不偏向到哪一极端去，这是特别的一点。在自家内有道家与法家左右这两派，在外边又有佛教与基督教这两派，他在中间应酬了这两千年，并未发生什么动摇，可知其根本是很深稳的了。其特色平常称之曰“中庸”，实在也可以说就是不彻底，而不彻底却也不失为一种人生观，而且这也并不是很容易办的事。大抵这完全是从经验中出来的，道家的前辈经验太深了，觉得世事无可为，法家的后生又太浅了，觉得大有可为，儒家却似经过忧患的壮年，他知道这人生不太可乐，也不是可以抛却不管了事的，只好尽力的去干了看，这即是所谓知其不可为而为之的态度。道家与佛教，法家与基督教，各站在一极端，自有他的理想，不是全便是无，儒家不能那样决绝，生活虽难，觉得不必绝粒饿死，也难望辟谷长生，馀下的一条路还只是努力求生，如禹稷者即其代表，追生尽死至，亦便溘[①]然，以个人意见言之，正复恰合于生物之道者欤。

中国民族的这种人生观，在汉文学上可以说是伦理的传统，我看一直占着势力，不曾有什么变动。这是一个很好的木本水源，从这里可以长发出健全的艺术以及生活来，将来的文学自必沿着这道路前进，但是要紧的一点是在强固地立定基础之外，还要求其更切实的广化。中国的伦理根本在于做人，关于这个说明，孔子曰，仁者人也。近世焦理堂云：

> 先君子尝曰，人生不过饮食男女，非饮食无以为生，非男女无以生生。惟我欲生，人亦欲生，我欲生生，人亦欲生生，孟子好货好色之说尽之矣。不必屏去我之所生，我之所生生，但不可忘人之所生，人之所生生。循学《易》三十年，乃知先人此言圣人不易。

【锺校】

①“溘”原作“嗑”。

这一节说得极好，当作生活南针的确已是十分好了，但是在学术艺文发展上，对于人其物的认识更是必要，而这在中国似正甚缺少。本来所谓人的发见在世界也还是近代的事，其先只是与神学思想的对立，及生物学人类学日益发达，人类文化的历史遂以大明，于是人的自觉才算约略成就。又孟子曰，民为贵，社稷次之，君为轻。此固是千古名言，确实足为中国固有思想的代表，唯此但为政治道德之大纲，而其目或尚有未备。《庄子·天道》篇云：

> 昔者舜问于尧曰，天王之用心何如。尧曰，吾不敖无告，不废穷民，苦死者，嘉孺子而哀妇人，此吾所以用心已。

这里嘉孺子而哀妇人一句话，恰补充得很好，此固是仁民所有事，但值得特别提出来说，这与现代的儿童研究和妇女问题正拉得上，我想在将来中国的道德政治学术文艺上，这该有重大的地位，希望中国文化人肯于此予以注意。过去多少年间中国似乎过分的输入外国思想，以致有类似流弊的现象发生，但稍为仔细考察，其输入并未能及日本前例之三分一，且又未能充分消化吸收，所谓流弊乃即起因于此，盖不消化亦会中毒也。吾人吸收外国思想固极应慎重，以免统系迥殊的异分子之侵入，破坏固有的组织，但如本来已是世界共有的文化与知识，唯以自己的怠惰而落伍，未克取得此公产之一部分，则正应努力赶上获得，始不忝为文明国民，通今与复古正有互相维系之处。中国固有思想重人事，重民生，其发现于哲学文艺上者已至显明，今后则尚期[①]其深化，于实际的利用厚生之上更进而为人间之发见与了解，次又由不敖无告之精神益广大化，念及于孺子妇人，此亦是一种新的发见与了解也。由此观之，将来新文学之伟大发展，其根基于中国固有的健全的思想者半，其有待于世界的新兴学问之培养者亦半，如或不然，虽日日闭户读《离骚》，即有佳作亦是《楚辞》之不肖子，没有现代的意味。在现今的中国，希望将近世生物人类儿童妇女各部门的学者学说全介绍进来，这件事显见得是不可能的，但是在文化界至少不可不有这么一种空气，至少有志于文学工作不可不有此一点常识，简单的一句话，也只是说文学不再是象牙塔里的事，须得出至人生的十字街头罢了。中国新文学不能孤立的生长，这里必要思想的分子，有自己的特性而又与世界相流通，此即不是单讲诗文的所能包办，后来的学子所当自勉而不必多让者也。于今不必多征引外国旧事

【锺校】

①“期”原作“明”。

以为左证，但闻近时有日本文学批评家推举本国文人，以夏目漱石、森鸥外、长谷川二叶亭三氏为代表，以其曾经世界文艺之磨炼，此言大有见解，中国文人正大可作为参考也。

在《论语》里孔子曾说过这样的话，曰，修辞立其诚，又曰，辞达而已矣。这两句话的意思极是，却也很平常，不必引经据典的说，一般人也都会赞成，认为写文章的正当规律，现在却这样郑重的征引者，别无什么重要缘故，实只是表明其有长久的传统而已。从前我偶讲中国文学的变迁，说这里有言志载道两派，互为消长，后来觉得志与道的区分不易明显划定，遂加以说明云，载自己的道亦是言志，言他人之志即是载道，现在想起来，还不如直截了当的以诚与不诚分别，更为明了。本来文章中原只是思想感情两种分子，混合而成，个人所特别真切感到的事，愈是真切也就愈见得是人生共同的，到了这里志与道便无可分了，所可分别的只有诚与不诚一点，即是一个真切的感到，一个是学舌而已。如若有诚，载道与言志同物，又以中国思想偏重入世，无论言志载道皆希望于世有用，此种主张似亦相当的有理。顾亭林著《日知录》卷十九有《文须有益于天下》一则，其文曰：

文之不可绝于天地间者，曰明道也，纪政事

也，察民隐也，乐道人之善也，若此者有益于天下，有益于将来，多一篇多一篇之益矣。若夫怪力乱神之事，无稽之言，剿袭之说，谀佞之文，若此者有损于己，无益于人，多一篇多一篇之损矣。

又文集卷四《与人书二》中云：

孔子之删述六经，即伊尹太公救民于水火之心，而今之注虫鱼命草木者，皆不足以语此也。

顾君的正统思想鄙人深所不取，但这里所说文须有益于天下，却说的不错，盖中国人如本其真诚为文，结果自然多是忧生悯乱之情，即使貌若闲适，词近靡丽，而其宗旨则一，是即是有益于世，谓之明道殆无不可矣。孔子删述六经未为定论，不敢率尔附和，但如云古来贤哲述作，即伊尹太公救民于水火之心，则鄙人亦甚同意，且觉得此比喻下得极妙。安特勒也夫曾云，“文学的伟大工作在于消除人间所有种种的界限与距离”，案：是即仁人之用心，正可为顾君之言作为证明。由是言之，怪力乱神之事，无稽之言，苟出于此种用心，其文学的价值亦仍重大，未可妄意轩轾，唯剿袭谀佞，自是有损无益，其故正由于不诚耳。若注虫鱼命草木乃是学者所有事，与立言固自无关也。统观中国文学的变迁，最大的毛病在于摹仿，剿说雷同，以至说诳欺人，文风乃以堕地，故镜情伪一事，诚如顾君所言，至为重要。《日知录》中曾论之曰：

> 黍离之大夫，始而摇摇，中而如噎，既而如醉，无可奈何而付之苍天者，真也。汨罗之宗臣，言之重，辞之复，心烦意乱而其词不能以次者，真也。栗里之征士，淡然若忘于世，而感愤之怀，有时不能自止而微见其情者，真也。其汲汲于自表暴而为言者，伪也。

此论本为钱谦益而发，但语甚有理，读中国古文学者固可以此为参考，即在将来为新文学运动者读之亦未为无益也。

再从诚说到达，这里的话就只有简单的几句。写文章的目的是要将自己的意思传达给别人知道，那么怎么尽力把意思达出来自然是最要紧的一件事，达意达得好的即是好文章，否则意思虽好而文章达不出，谁能够知道他的好处呢。这些理由很是简单，不必多赘，只在这里将我的私见略述一二点。其一，我觉得各种文体大抵各有用处，骈文也是一种特殊工具，自有其达意之用，但是如为某一文体所拘束，如世间认定一派专门仿造者，有如削足适履，不能行路，无有是处。其二，白话文之兴起完全由于达意的要求，并无什么深奥的理由。因为时代改变，事物与思想愈益复杂，原有文句不足应用，需要一新的文体，乃始可以传达新的意思，其结果即为白话文，或曰语体文，实则只是一种新式汉文，亦可云今文，与古文相对而非相反，其与唐宋文之距离，或尚不及唐宋文与《尚书》之距离相去之远也。这样说来，中国新文学为求达起见利用语体文，殆毫无疑问，至其采用所谓古文与白话等的分子，如何配合，此则完全由作家个人自由规定，但有唯一的限制，即用汉字写成者也。如由各个人的立场看去，汉字汉文或者颇有不便利处，但为国家民族着想，此不但于时间空间上有甚大的连络维系之力，且在东亚文化圈内亦为不可少的中介，吾人对于此重大问题，以后还须加以注意。

我想谈汉文学的前途，稿纸写了七张，仍是不能得要领。这原来是没法谈的问题。前途当然是有的，只要有人去做。有如一片荒野，本没有路，但如有人开始走了，路就出来了，荒野尽头是大河，有人跳下去游泳，就渡了过去，随后可以有渡船，有桥了。中国文学要有前途，首先要有中国人。中国人的前途——这是又一问题。现在只就文学来谈，我记起古时一句老话，士先器识而后文章，我觉得中国文人将来至少须得有器识，那么可以去给我们寻出光明的前途来。我想这希望不会显得太奢罢。

【附记】 民国二十九年冬曾写一文曰《汉文学的传统》，现今所说大意亦仍相同，恐不能中青年读者之意[①]，今说明一句，言论之新旧好歹不足道，实在只是以中国人立场说话耳。太平时代大家兴高采烈，多发为高论，只要于理为可，即于事未能，亦并不妨。但不幸而值祸乱，则感想议论亦近平实，大抵以国家民族之安危为中心，遂多似老生常谈，亦是当然也。中国民族被称为一盘散沙，自他均无异辞，但民族间自有系维存在，反不似欧人之易于分裂，此在平日视之或无甚足取，唯乱后思之，正大可珍重。我们翻史书，永乐定都北京，安之若故乡，数百年燕云旧俗了不为梗，又看报章杂志之记事照相，东至宁古塔，西至乌鲁木齐，市街住宅种种色相，不但基本如一，即琐末事项有出于迷信敝俗者，亦多具有，常令览者不禁苦笑。反复一想，此是何物在时间空间中有如是维系之力，思想文字语言礼俗，如此而已。汉字汉语，其来已远，近更有语体文，以汉字写国语，义务教育未普及，只等刊物自然流通的结果，现今青年以汉字

【锺校】

①“之意”原作“意之”。

写文章者，无论地理上距离间隔如何，其感情思想却均相通，这一件小事实有很重大的意义。旧派的人，叹息语体文流行，古文渐衰微了，新派又觉得还不够白话化方言化，也表示不满意，但据我看来，这在文章上正可适用，更重要的乃是政治上的成功，助成国民思想感情的连络与一致，我们固不必要褒扬新文学运动之发起人，唯其成绩在民国政治上实较文学上为尤大，不可不加以承认。以后有志于文学的人亦应认明此点，把握汉文学的统一性，对于民族与文学同样的有所尽力①，必先能树立了国民文学的根基，乃可以大东亚文学之一员而参加活动，此自明之事实也。关于文人自肃，亦属重要，唯苦口之言，取憎于人，且即不言而亦易知，故从略。

（民国癸未七月二十日记）

【锺校】

① 原无“力”字，今增。

第二分

读书的经验

买到一册新刻的《汴宋竹枝词》，李于潢著，卷头有蒋湘南的一篇李李村墓志铭，写得诙诡而又朴实，读了很是喜欢，查《七经楼文钞》里却是没有。我看着这篇文章，想起自己读书的经验，深感到这件事之不容易，摸着门固难，而指点向人亦几乎无用。在书房里我念过“四书”“五经”《唐诗三百首》与《古文析义》，只算是学了识字，后来看书乃是从闲书学来，《西游记》与《水浒传》，《聊斋志异》与《阅微草堂笔记》，可以说是两大类。至于文章的好坏，思想的是非，知道一点别择，那还在其后，也不知道怎样的能够得门径，恐怕其实有些是偶然碰着的吧。即如蒋子潇，我在看见《游艺录》以前，简直不知道有这么一个人，父师的教训向来只说周程张朱，便是我爱杂览，不但道咸后的文章，即使今人著作里，也不曾告诉我蒋子潇的名字，我之因《游艺录》而爱好他，再去找《七经楼文》与《春晖阁诗》来读，想起来真是偶然。可是不料偶然又偶然，我在中国文人中又找出俞理初、袁中郎、李卓吾来，大抵是同样的机缘，虽然今人推重李卓老者不是没有，但是我所取者却非是破坏而在其建设，其可贵处是合理有情，奇辟横肆都只是外貌而已。我从这些人里取出来的也就是这一些些，正如有取于佛菩萨与禹稷之传说，以及保守此传说精神之释子与儒家。这话有点说得远了，总之这些都是点点滴滴地集合拢来，所谓粒粒皆辛苦的，在自己看来觉得很可珍惜，同时却又深知道对于别人无甚好处，而仍不免常要饶舌，岂真敝帚自珍，殆是旧性难改乎。

外国书读得很少，不敢随便说，但取舍也总有的。在这里我也未能领解正统的名著，只是任意挑了几个，别无名人指导，差不多也就是偶然碰着，与读中国书没有什么两样。我所找着的，在文学批评是丹麦勃阑兑思，乡土研究是日本柳田国男，文化人类学是英国茀来则，性的心理是蔼理斯。这都是世界的学术大家，对于那些专门学问我不敢伸一个指头下去，可是拿他们的著作来略为涉猎，未始没有益处，只要能吸收一点进来，使自己的见识增深或推广一分也好，回过去看人生能够多少明白一点，就很满足了。

近年来时常听到一种时髦话，慨叹说中国太欧化了，我想这在服用娱乐方面或者还勉强说得，若是思想上哪里有欧化气味，所有的恐怕只是道士气秀才气以及官气而已。想要救治，却正用得着科学精神，这本来是希腊文明的产物，不过至近代而始光大，实在也即是王仲任所谓疾虚妄的精神，也本是儒家所具有者也。我不知怎的觉得西哲如蔼理斯等的思想实在与李俞诸君还是一鼻孔出着气的，所不同的只是后者靠直觉懂得了人情物理，前者则从学理通过了来，事实虽是差不多，但更是确实，盖智慧从知识上来者其根基自深固也。这些洋书并不怎么难于消化，只须有相当的常识与虚心，如中学办得适宜，这与外国文的学力都不难习得，此外如再有读书的兴趣，这件事便已至少有了八分光了。我自己读书一直是暗中摸索，虽然后来找到一点点东西，总是事倍功半，因此常想略有陈述，贡其一得，若野芹萏口，恐亦未免，唯有惶恐耳。

近来因为渐已懂得文章的好坏，对于自己所写的决不敢自以为好，若是里边所说的话，那又是别一问题。我从民国六年以来写白话文，近五六年写的多是读书随笔，不怪小朋友们的厌恶，我自己也戏称曰文抄公，不过说尽是那么说，写也总是写着，觉得这里边不无有些可取的东西。对于这种文章不以为非的，想起来有两个人，其一是一位外国的朋友，其二是亡友烨斋。烨斋不是他的真名字，乃是我所戏题，可是写信时也曾用过，可以算是受过默许的。他于最后见面的一次还说及，他自己觉得这样的文很有意思，虽然青年未必能解，有如他的小世兄，便以为这些都是小品文，文抄公，总是该死的。那时我说，自己并不以为怎么了不得，但总之要想说自己所能说的话，假如关于某一事物，这些话别人来写也会说的，我便不想来写。有些话自然也是颇无味的，但是如《瓜豆集》的头几篇，关于鬼神、家庭、妇女特别是娼妓问题，都有我自己的意见在，而这些意见有的就是上边所说的读书的结果，我相信这与别人不尽同，就是比我十年前的意见也更是正确。所以人家不理解，于别人不能有好处，虽然我十分承认，且以为当然，然而在同时也相信这仍是值得写，因为我终于只是一个读书人，读书所得就只这一点，如不写点下来，未免可惜。在这里我知道自己稍缺少谦虚，却也是无法。我不喜欢假话，自己不知道的都已除掉，略有所知的就不能不承认，如再谦让也即是说诳了。至于此外许多事情，我实在不大清楚，所以我总是竭诚谦虚的。

启蒙思想

偶阅梁僧宝唱所编《经律异相》卷十一菩萨部十之二，现为大理家身济鳖及蛇狐第四，引《布施度无极经》，叙菩萨誓愿云：

> 众生扰扰，其苦无量，吾当为地，为旱作润，为湿作筏，饥食渴浆①，寒衣热凉，为病作医，为冥作光。若有浊世颠倒之时，吾当于中作佛，度彼众生矣。

此誓词诚佳，不独十方诸佛，皆赞善哉，即吾辈凡夫，亦闻之欢喜佩服，是固即是禹稷之用心，亦为孔孟之所努力宣扬者也。大乘菩萨舍身利众之行为，岂易企及，平常读书人当如此存心，事实上执笔写文章所能做的，也只是为病作医，为冥作光这个愿心，一字一行虽是细微，亦费心血，所冀有半麻半麦之益，

【锺校】

①“浆”原作“桨”。

功不唐捐耳。古人作文希望有功于人心世道，其实亦本是此意，问题乃在于所依据的标准，往往把这个弄颠倒了，药剂吃错，病反增进，认冥为明，妄加指示，则导人入于暗路，致诸祸害，正是极常见事也。据我想这问题也还简单，大小只须讲一个理，关于思想的但凭情理，但于人无损有益，非专为一等级设想者，皆善也。关于事物者但凭事理，凡与已知的事实不相违背，或可以常识推知其然者，皆可谓真，由是进行，庶几近光而远冥矣。惟习俗相沿，方向未能悉正，后世虽有识者，欲为变易，其事甚难，其人遂亦不易得，二千年中曾找得三人，即后汉之王仲任，明之[1]李卓吾，清之俞理初，而世人不知重，或且迫害抹杀之，间尝写小文表扬，恐信受者极少，惟亡友烨斋表示同意而已。今且另举三数人，所谈不关伦理之钜或男女之微，此刻现在似在可言之列。其一是孙仲容，在他的文集《籀庼[2]述林》卷十有一篇《与友人论动物学书》，今节录其一部分如下云：

动物之学为博物之一科，中国古无传书，《尔雅》虫鱼鸟兽畜五篇惟释名物，罕详体性，

【锺校】

①“之”原作“知”。
②原无“庼”字，今增。

《毛诗陆疏》旨在诂经，遗略实众，陆佃郑樵之伦，摭拾浮浅，同诸自郐。

……至古鸟兽虫鱼种类今既多绝灭，古籍所纪尤疏略，非徒《山海经》《逸[1]周书·王会》所说珍禽异兽，荒远难信，即《尔雅》所云比肩民比翼鸟之等，咸不为典要，而《诗》《礼》所云螟蛉果蠃，腐草为萤，以逮鹰鸠爵蛤之变化，稽核物性，亦殊为疏阔。……又中土古有蜮，《诗》《春秋》皆详言之，《说文》虫部及《左传》孔疏引《洪范》五行传说其形，并云似鳖三足，以气射害人。今水虫绝不闻有以气害人者，而印度有电鱼形如木勺，能发电伤人物，窃疑古蜮即电鱼，射人之气即电耳，而谓为含沙射影，则不经之论也。其形如木勺，有尾，说者不审，遂谓似鳖三足，今动物学书说诸虫兽有足者无多少皆以偶数，绝无三足者，而《尔雅》有鳖三足能，龟三足贲，殆皆传之失实矣。

末又谓四灵中麟凤龙三者后世几绝迹，今澳洲有雾鸟，其羽毛华美，或即凤类，龙则化石中有之，与鼍略相近，麟似即麇鹿之别种，天壤间亦容有其物，结

【锺校】

① 原无“逸”字，今增。

论乃云：

而中土所传云龙凤虎，休征瑞应，则揆之科学万不能通，今日物理既大明，固①不必曲徇古人耳。

孙君为经学大师，如今尚存行年九十三矣，而对于生物有如此通达的知识，现今许多少壮人尚当见之生愧，诚可谓难得。其二是刘青园，在所著《常谈》中有好些好意思，都是关于鬼者，今录其卷一的一则云：

鬼神奇迹不止匹夫匹妇言之凿凿，士绅亦尝及之。唯余②风尘斯世未能一见，殊不可解。或因才不足以为恶，故无鬼物侵陵；德不足以为善，亦无③神灵呵护。平庸坦率，无所短长，眼界故宜如此。

又卷三云：

余家世不谈鬼狐妖怪事，故幼儿辈曾不畏鬼，非不畏，不知其可畏也。知狐狸不知狐仙，知毒虫恶兽盗贼之伤人，不知妖魅之祟人，亦曾

【锺校】

①“固”原作“因”。

②“唯余”原作“余唯”。

③“无”原作“然”。

无鬼附人之事。又不知说梦占梦详梦等事。

其三是李登斋，也是关于鬼的意见，见所著《常谈丛录》卷六中，题曰《性不见鬼》，其文云：

予生平未尝见鬼形，亦未尝闻鬼声，殆气禀不近于阴耶。记少时偕族人某宿鹅塘杨甥家祠堂内，两室相对，晨起某蹙然曰，昨夜鬼叫呜呜不已，声长而亮，甚可畏。

予谓是夜行者戏作呼啸耳，某曰，略不似人声，乌有寒夜深更，奔走正苦，而欢娱如是者，必鬼也。予终不信，越数日予甥杨集益秀才夫妇皆以暴病相继殁，是某所闻者果为世所传勾摄之走无常耶？然予与同堂隔室宿，殊不闻也。郡城内广寿寺前左有大宅，李玉鱼庶子传熊故居也，相传其中多鬼，予尝馆寓于此，绝无所闻见。一日李拔生太学偕客来同宿东房，晨起言夜闻鬼叫如鸭，声在壁后，呀呷不已，客亦谓中夜拔生以足蹴使醒，听之果有声，拥被起坐，静察之非虫非鸟，确是鬼鸣。然予亦与之同堂隔室宿，竟寂然不闻，询诸生徒六七人，悉无闻者，用是亦不深信。拔生因述往岁曾以讼事寓此者半年，每至交夜则后堂啼叫声，或如人行步声，器物门壁震响声，无夕不有，甚或若狂恣猖披，几难言状。

然予居此两载，迄无闻见，且连年夏中俱病甚，恒不安寐，宵深每强出卧堂中炕座上，视广庭月色将尽升檐际，乃复归室，其时旁无一人，亦竟毫无影响。诸小说家所称鬼物虽同时同地而闻见各异者甚多，岂不有所以异者耶。若予之强顽，或鬼亦不欲与相接于耳目耶，不近阴之说尚未必其的然也。

不佞是相信神灭论的，至少也是以不知为不知的，故对于刘李二君的见识与态度甚为佩服，即使还不够说为冥作光，那种根据自己的经验，直截表示，可以说是求真的态度，最值得我们的取法。本来鬼也是可以谈得的东西，只是有条件，这便是要为说鬼而说鬼。《癸辛杂志》说东坡的事云：

坡翁喜客谈，其不能者强之说鬼，或辞无有，则曰，姑妄言之。闻者绝倒。

这样的谈鬼才有意思，若是自己信鬼，瞪目结舌，说与众人听，则村中翁媪都会，只值得有笃志学徒珥笔抄录，不必自灾纸墨也。若或假借鬼物以示劝戒，以便私图，标号曰神道设教，是则实与巫工无异，妄说祸福，罚取灯油钱入己，如依章实斋笔法，当云并干三尺严条者也。所以说到底时，最善谈鬼的须是不信鬼的人，而一般关于鬼的信仰与记述，乃只是民俗志的材料罢了。讲到这里，我便要再举出一个人来，即其四是俞曲园是也。俞先生行年六十，正是前一个庚辰年，起手著作其唯一小说《右台仙馆笔记》十六卷，这如缪艺风在行状上所说，可以与纪晓岚的《阅微草堂五种》，孙彦清的《寄龛四志》相并，是清代小说中的佳作。但是《右台仙馆》另有一种特色，为别家所无者，便是说鬼而未必信鬼，卷首小诗二首之一云，“正似东坡老无事，听人说鬼便欣然”，可以见之。笔记卷十二中有一则，记见鬼事数项，末云：

余神识早衰，近益昏眊，虽视人之须眉且不甚了，宜其不足以见鬼矣。

寥寥数语，殊有排调之趣，先辈风致真不易及，我们拍桌打凳而讲无鬼，相形之下，良自惭已。

上文拉扯得很广，终于未能得要领，现在来总结一下，以便住笔。这里所说都是前代先贤的话，实在的意思却是在于现今，欲向少壮诸君进一言耳。老辈既多明达者，后来者当更精进，希望有人发挥而光大之，即以中学所得来的科学知识，少[1]加整理，便足为常识之基本，持以判别旧来的传承，使有条理，当非难事也。志怪说鬼，亦非不可，要知此事甚非易，

【锺校】

①“少”原作“必”。

且留俟有能力者为之，有如诗文小说，非人人皆可染指者也。不过我今所云乃是常理，在乱离之世，感情思想一时凌乱莫可收拾，启蒙运动无从实现，今亦如渔洋山人言，姑妄言之姑听之可也。

（廿九年十月三十一日）

新《文字蒙求》

晚清时代的学者里面有好些是我所佩服的人，现在只说某一方面的共有两个，这便是王菉友与张香涛。或者要有人觉得奇怪，此二人有点列举得不伦不类，这批评也颇有理，假如我们认为那是《说文释例》的与《劝学篇》的作者。不过我这里的看法稍有不同，我把他们的《书目答问》《輶轩语》与《文字蒙求》《教童子法》相提并论，其间自然可以有一种连系，共通的特色是肯为后生初学指点说法，我所佩服的便是这一点。两三年前写《看书偶记》曾约略说及，《读〈輶轩语〉》中有云：

《复堂日记》卷三《庚辰年下》有一条云，阅《輶轩语》，不必穷高极深，要为一字千金，可谓知言。六十年来世事变更，乃竟不见有更新的学术指南书，平易诚挚，足与抗衡者，念之增慨。

又《读〈文字蒙求〉》中云：

> 清朝乾嘉以后国学大师辈出，但其所经营者本是名山事业，殆无意为小学生预备入门梯阶，故至今《说文》仍为难读之书，所谓小学，终非大人不能去翻看第一页也。王菉友于文字学上想到童蒙求我，虽是草创之书，历整整百年，还须推独步，思之可尊重，亦令后人愧恧耳。

我常这样想，现代的学者太是小乘的了，平常在研究所埋头用功，苦心著书，本是很好的事，但其目的差不多就是写自己的博士论文，只要有惊人的新发明，即使转入牛角弯去也无妨碍，这正是声闻乘的行为，至多是得到阿罗汉果，还仍是个自了汉罢了。大乘菩萨的众生无边誓愿度固然不容易做到，但是这样态度却是学者所应有的，自己辛苦的得闻半偈，便当想念有些人无缘闻法，要怎样帮助他们才好。学者为青年人设想，宁可耽误了自己的修行，分出点功夫来写入门的书，此正是法施功德，可以与济贫相比，即使只是戋戋小书，而中含大慈悲心则无有殊异。可惜的是这种人太少，好容易有了一个，后边就接不上，我们小时候见到《书目答问》，这是如何的重宝呢，指引我们审择买书，赛过有良师益友，可是眼看四十个年头过去了，还只是那一部书，近来范希曾始有《补正》，未能算是新作，这与《文字蒙求》之后只有蒯礼卿的《广义》一样，王菉友原书本来也是根据《说文》，但其中改变旧说，自出新意的地方亦所在多有，《广义》于此等处却重引前说，或涉及阴阳五行，悉与本文乖违，未免可笑。如月、巾下原文云：

以上二字各有象形，不必谓之从“冂”也。

《广义》乃一一引《说文》，云“从‘冂’，二其饰也”，又云，“从‘冂’，丨象系也”。卷首第一字为“日”字，原文云：

日中有黑影，初无定在，即所谓三足乌[①]者也。

是完全以象形解释，《广义》则加以玄学的说明云：

太阳之精不亏，故从“□”，一以象形。中央之一，古文乙字之变。阳中有阴，故日中有黑影，如离卦然。

此种说法以谈文字，既未必高明，持予童蒙，更难领受矣。

上文所说张王二君的四种书，现在都很需要，因为是启蒙的或是初学工具书，缺少这些，则学问不易发达，虽有专门家亦只是为学界做装饰而已。不过我

【锺校】

①“乌”原作“鸟”。

们所要的乃是新作，并非单是增订或注疏之类，例如新《书目答问》的内容，应当于《书目答问》之上加上《邵亭知见传本书目》与《贩书偶记》的分子，使读者一检即得，能知是书之刻本异同优劣，可以不合于大师之家法，总须适于学子之实用。至于新《文字蒙求》，也用同样的方针，参加古今中外的材料，不必定想把文字学的精义传授给人，至少能引起青年人对于汉字的一点兴趣，就很好了。王氏自述中云：

> 雪堂谓筠曰，人之不识字也病于不能分。苟能分一字为数字，则点画必不可以增减，且易记而难忘矣。苟于童蒙时先令知某为象形，某为指事，而会意字即合此二者以成之，形声字即合此三者以成之，岂非执简御繁之法乎。

这个意思本来很对，在西欧言语学上也就是语源的解说，不算什么新鲜，从前学英文时从马孙氏文法上见到一点，觉得很有意思，使我对于文法书颇感兴趣。这是在讲名词之阴阳属的变化，注中说及主人（Lord）这字乃是古英文 hlafweard 之省，意云面包管理者，而主妇（Lady）原语为 hlaefdige，意云制面包者。后来我又知道古英文中有 hlafaeta 一语，意云吃面包者，乃是仆人，更有诙谐之趣矣。此外就偶然记忆的说，如甘草（Liquorice）字一见似是拉丁来源，而实出希腊语 glykorhiza，意云甘根。又蒲公英（Dandlion）雏菊（Daisy），都是常见的草花，其原文一为法文 dent pe lion，意云狮子牙齿，一为古英文 daegeseage，意云日之眼。在拼音文字里就只是这些意义的变迁觉得有趣味，英国都已有威克来与斯密士等人写了好许多书，引人入胜，若汉文又有象形指事的花样，更为有趣，自然更容易写成可读的书。本来《文字蒙求》也编得很好，只是一个个字的罗列，兴趣容易分散，尚不宜于初步的读者，此外则因时代关系，甲骨钟鼎文字的材料未能利用，亦是可惜。现在似乎可以像斯密士著那小册英语（*The English Language*）的样子，分几章来讲，或依六书，或照语类，深入显出，触类旁通，迤逦①说来便自有佳趣，不要怕损了学者的"纱帽翼子"，但求得童蒙的一顾，此事便不白做矣。《蒙求》中收止字，此本是足趾，只有小篆，已②不甚似，此处即应不客气的照甲骨文写一个脚八桠子，以此为本而讲到步，由此而陟而涉，与陟相对的降，"辶"从"彳"从"止"，便牵连到行，及出亦从"止"，各从倒止，意即是格，而客字也跟了出来，这

【锺校】

①"逦"原作"迺"。

②"已"原作"巴"。

样的安排，在内行人的手里，运用丰富的资料，大抵可以写成一章通俗而充实的文吧。不过话说到这里，要紧的还是须得人来写，这却又须得不但是专家而且还要肯做这利他[①]的工作的。从前曾经对故友烨斋提过几次，他总是说原则上赞成，因病不能写，现在难道可去电灯柱上贴广告么，也只好这样说说空话，表示一种漠然的希望罢了。或曰，何不自己来动手？庄生说得好，庖人虽不治庖，尸祝不越尊俎而代之矣。

【锺校】

①“他”原作“地”。

道德漫谈

从杭州搜得《悱子读史记》二册，不佞绝不喜史论，而此书乃不惜高价远道以得之，则因其为乡人著作耳。书不分卷，而分本纪年表世家列传四目，共计书后百一十篇，山阴叶骥撰，有康熙丁丑自序，刻于乾隆己丑，用木活字，已在七十二年后矣。史论只是那么一回事，读去本无甚期待，如说汉高帝一生有两哭两泣，颇可解颐，但亦不过波峭而已，末一篇《书〈货殖列传〉后》，却很写得有意思。其大旨谓谋道不谋食，为三代以前言之也，学者必先治生，为三代以后言之也。结论云：

要之自有生民以来即有衣食之忧，第其忧有上下之别耳。一民饥由己饥之也，一民寒由己寒之也，是时则忧在上矣，故下可不忧。君者所以役民也，民者所以奉君也，是时则忧在下矣，虽欲勿忧，其可得乎哉。

这一节话读了很有点喜欢，因为与我平日的意见相似。叶君在文中历叙他的理论的根据，有云：

> 三代之时，仕有禄，农有田，百工技艺莫不有所，民间出入丰歉，皆君为之计，循其法而行之，无不得食。及井田废而王道坏，人无恒产，仕而得禄者十无一二，馀皆借其智力，以自食于农工商贾之途，谋人则得食，不谋则不得食，上之人不知也，饥寒饱暖，一惟己之智力是问矣。

又云：

> 或曰，孔子弟子惟子贡货殖，其馀皆忧道不忧贫，未闻有饥寒而死者。噫，是时先王遗制未泯，恒产犹在人间，至贫如颜子，犹有负郭田百亩，彼所谓不忧贫，特不作富贵想耳，岂至饥寒而死哉。

这些话都说得很有趣味，但是不免过于理想，不能作为确实的根据。井田等等三代的善政于史上多无可考，世界古史及民俗学里也难找得这种类例，所以如信为史实，以为民生衣食之忧有两个时期，即忧有上下之别，那是不对的，但假如当作儒者理想看，说儒家思想有两段落或分派，此即饥寒由己，民以奉君，忧在上与忧在下这两种，那么这道理不但说得过去而且也是很有意义的事了。老实说，我平常是颇喜欢儒家，却又同时不很喜欢儒家的。从前与老朋友谈天，讲到古来哲人诸子，总多恕周秦而非汉，或又恕汉而非宋，非敢开倒车而复古也，不知怎的总看出些儒家的矛盾，以为这大概是被后人弄坏的，世间常说孔孟是纯净的儒家，一误于汉而增加荒诞分子，再误于宋而转益严酷，我们也便是这样看法，虽然事实上并不很对，因为在孔孟书中那些矛盾也并不是没有。《孟子》卷四《离娄下》云：

> 禹稷当平世，三过其门而不入，孔子贤之。颜子当乱世，居于陋巷，一箪食，一瓢饮，人不堪其忧，颜子不改其乐，孔子贤之。孟子曰，禹稷颜回同道，禹思天下有溺者，由己溺之也，稷思天下有饥者，由己饥之也，是以如是其急也。禹稷颜子易地则皆然。今有同室之人斗者，救之，虽被发缨冠而救之，可也。乡邻有斗者，被发缨冠而往救之，则惑也，虽闭户可也。

这里的话有些有点儿不合事理。禹稷颜子如果同道，那么其形迹不同当由于地位之异，所谓易地则皆然也，说平世乱世似乎分得不对，禹时有洪水，虽非乱世，岂不是大灾祸之时乎。至于以同室与乡邻之斗分别作譬喻，更欠切贴，只要全篇通读一过，即可看出不能自圆其说。照这样看来，我们把一切都归咎后儒，未免很有点冤枉的。

我想，这个毛病还是在于儒家本身里，他有前后两宗分子掺合在一起，其不能融和正是当然的了。所谓前后分子，最好便借用帷子的现成话，即是饥寒由己、民以奉君这两样不同的观念，换句话说，亦即是儒者自居的地位不同，前后有主奴之别也。这样看来，我们喜欢与不喜欢的原故也就可以明了，其理由也可以说是并没什么不合了。孟子书中于赞美禹稷之外又常提及仁政，最具体的如在《梁惠王上》所云：

> 五亩之宅，树之以桑，五十者可以衣帛矣。鸡豚狗彘[①]之畜，无失其时，七十者可以食肉矣。百亩之田，勿夺其时，八口之家可以无饥矣。谨庠序之教，申之以孝弟之义，颁白者不负戴[②]于道路矣。老者衣帛食肉，黎民不饥不寒，然而不王者，未之有也。

孟子对于梁惠王齐宣王都说过同样的话，在《尽心上》伯夷避纣章中又反复的说，可见这在孟子是极重要的事，无论实行上效果如何，总之这还是古圣心法的留遗，至少是以禹稷为模范的，可以说是儒家的大

【锺校】

①"彘"原作"子"。
②"戴"原作"载"。

乘一派。又《尽心下》云：

孟子曰，民为贵，社稷次之，君为轻。

为了这几句话，不但使得孟子坐不稳圣庙，而且还几乎受明太祖的箭射，此最显得出孟子的真精神，与其思想的真来源也。但《滕文公下》答公都子问中大骂杨墨，最言重的是这一段：

杨子为我，是无君也。墨子兼爱，是无父也。无父无君，是禽兽也。

杨子姑且不论，墨子实在是禹之徒，摩顶放踵而利天下，或少事实可征，若守宋国一事，已尽足与子贡存鲁相比，孟子尊大禹而于墨子加以罗织，未免于理有乖，视上文论斗更差一步矣。《论语》记言甚简略，故孔子无具体的大段言论，惟对于禹之倾倒极为显著，至称之为无间然，又其所标举德目最要为仁与智与勇，此虽稍为抽象，但亦正与后来的小乘派截然不同。《庄子·天道》篇云：

昔者舜问于尧曰，天王之用心何如？尧曰，吾不敖无告，不废穷民，苦死者，嘉孺子而哀妇人，此吾所以用心已。

这虽是道家所说的话，却是很得要领，显得出儒家广大的精神，总是以利他为宗，与饥寒由己的思想一致。后来儒者便是另一条路，盖其思想转为君以役民，民以奉君了，故其言曰，臣罪当诛，天王圣明，曰天下无不是的父母，曰饿[1]死事小，失节事大，天地万物只以三纲统之，孔子所举示的仁智勇已被阁置，改易为忠孝贞节，此三者本亦不坏，但是人的道德只局限于对于君父与夫的服役，与前者利他的精神相比，其大小广狭显然大异，即使不说别的其为小乘总是无可疑了。在奉者一方面做去，不无牺牲之美德，但在役者一方面这便容易有威福的倾向，故此种教条无论怎样说的巧妙圆到，总不能完全脱掉利己的气味，实是无可如何的事，盖由于事实然也。

以上所说本来只是外行人的考察，又说得很凌乱，难免有些错误，不过这都没有多大关系，我对于经学或哲学不曾有研究，说错看错无宁说是当然，这里我只是以中国人的关系对于本国的事来插一句嘴而已。上文尽管说的不对，我只想表明这一点意见，中国思想中有为人民与君父的两派，后者后来独占势力，统制了国民的道德观念，这是很不幸的一件事。我平常读近代文人的文集，其中所记多是大官孝子节妇等事，看笔记则大都讲雷击不孝，节妇子中举，展卷辄感不愉快，此皆所谓有益于风教之文字也，但其

【锺校】

①“饿”原作“饥”。

意思何其卑陋，影响何其下劣耶。在上者如务恫吓，不服事将有鬼责，在下者计利得，服事将获富贵，是使父子夫妇之亲不以天然的恩情相维系，反而责报偿论利害，岂非以凉薄为教，民德焉得而不日降哉。窃意中国道德标准宜加改正，应以爱人亲民为主，知己之外有人，而己亦即在人中，利他利己即是一事，空洞的一句话，在现今中国相信却是良药，只是如何吃下去，则不佞尚未想出方法耳。一杯药水到了肚里，怎样作用生出反应，身里的老病和旧毒怎样的变化增减，原有铁似的自然法则在焉，或愈或不愈，人力殆不能变动，俗语云，医生有割股之心，也只有是尽心开一方案，但如说得不敬一点，则又可谓之尽人事也。

（廿九年九月四日）

女学一席话

溽暑避客，有老友携啤酒见过，不得不接见。酒味苦如药，甫罄一杯，客即发问，曰对于女子教育意见云何。闻之酒悉化汗，自额上出，而客意甚诚，盖有千金在中学毕业，来询求学方向，不能不作答。敛神养气久久乃对曰，如世间所云，贤妻良母，当是平稳的主张，但是鄙人不能赞一辞。为什么呢？这有两种理由。其一如何是贤妻良母，我不能知道。论一件事情可以有种种不同的标准，因时地而异，周公周婆的问题还在其外。德国学者希耳息菲耳特博士著游记曰《男与女》，分远东、南洋、印度、近东四部，记所见闻性的风俗，因为出于专家之手，足资参考。他在印度大忌林地方遇见西藏女人的纪事很有意思，原文云：

> 西藏女人在性学者看来有特别的兴趣。身体魁伟，骨骼坚实，挂满了各种珍饰，嘴里咬着短

> 烟管，她从西藏高原大踏步走向市场去，后面跟着她的三个以至五个丈夫，大抵是兄弟，背了货物在她后边跑，像奴隶一样。

这是一方面，别一方面是中国，那里是行着合法的多妻制，游记有一节云：

> 据计算说，现在中国人中有百分之约三十只有一个妻子，百分之约五十有两个妻子，百分之十娶有三个以至六个女人，百分之五左右有六个以上，有的多至三十个妻子或者更多，关于张宗昌将军，据说他有八十个妻子，在他战败移居日本之前，他只留下一个，其馀的都给钱遣散了。我在香港，有人指一个乞丐告诉我，他在正妻之外还养着两房正妾云。

以上所说固然是两民族的事，尽足证明标准之怎样的可以不一致。照前者来说，贤妻的标本当是武后山阴公主，这自然是不可为法，但如后者则关雎[1]螽斯不妒之德乃是最高的女性道德，虽然是古来的传说如此，不过我想现在也未便即以此为教育之标准吧。再说，将来的理想的贤妻良母应当如何，这是一个大问题，现今却是没法谈，所以归根是不能知道。其二，

【锺校】

①“雎”原作“瞧”。

如何是贤夫良父，这又是不明白的事。许多事情都是对应[1]的，要想叫女人作贤妻良母，对于男子方面也不得不问一声，怎样是贤夫良父，以便对照设计。可是这个不但我不知道，恐怕别人也都不能比我知道得多。中国绅士大抵不喜欢说自己不好，现在就不必来多说致犯众怒，只须简单的说一句，照现在多数男子的生活，要说谁是够得上模范的好的丈夫与父亲，大约谁都有点不好意思承认吧。总结一句话，贤妻良母，虽是四平八稳的主义，讲得圆到一点可以新旧咸宜，可是我觉得有这些难处，所以无法着手，只好敬谢不敏了。

那么从职业问题上来谈女子教育么，这也不好办。现在男子的职业还成问题，大学毕业的出路只有做官、办报、教书这几种，生产事业方面几乎没有，更不必说战后的民不聊生，农工失业，不知政治家将何以善其后，此刻来为妇女计划职业，我们外行实在觉得无从下手。或者就去在做官、办报、教书的三途中分得位置，也可以说是一种办法，但是现今中国的家庭与市场都还是旧式组织的，主妇如出外就薄给的

【锺校】

①“应”原作“待”。

职业，同时家中即须添雇用人，结果在利益上还是差不多，这即使不是如古人所说的易子而食，也总近于易子而教吧。老实说，现在女子求教育，不可从职业着想，如作为装饰看，倒还不错。列位不要以为这里含有什么讽刺，实在是如字说的老实话，至于因为老实而稍似唐突，或亦难免。所谓装饰，不必将学位证书装框高悬，或如世间所说，大学文凭可作嫁妆的一部分，其实只是凭了学问与教养的力，使姿态与品格自然增高，这是极好的精神上的装饰，在个人是值得用了十载寒窗的苦工去换了来的。国民中间有教养的人多，岂不也是国家的名誉？所以这种装饰正是未可非薄的，就只怕的民穷财尽，将不可多得耳。现在话休烦絮，女人如要求学问，我觉得第一须与家庭社会的问题分离，这些问题即使有改革之必要，一时无从说起。石川啄木在三十年前的一篇文章里曾说道：

> 我所感到不便的不仅是将一首歌写作一行这一件事情。但是我在现今能够如意的改变，可以如意的改变的，不过是这桌上的摆钟、砚台、墨水瓶的位置，以及歌的行款之类罢了。

女子的高等教育，如说的迂阔一点，当以为学问而学问为理想，这与家庭社会的现状虽似无关系，但如上文已曾说及，于国家民族的文化前途却不是无补的。

其缺点是只能为少数说法，必须其父母能供给求学，出阁后要家门清吉，于家务之馀，可以读书用功替代打牌看戏，这才合格，事实上当然不能太多，但或者也还不至[①]于很少乎。其实这种资格在男子想还不甚难得，今专对女子而言者，盖以男子志在四方，多有出仕的野心，学问流为敲门之砖，比比皆是，反不如女子无此特权，多有纯粹为学的可能，鄙人上条陈于女子而不往烦绅士诸君之清听者，实为此故耳。

引言拉得颇长，讲到本文，只有简单的几句话而已。女子做学问，我想最好是文化史一类的工作，这不但现在中国最缺乏，实在也于女子相宜。本来男女求学机会应当平等，女子如喜欢去弄理工方面，别无不可，不过那些东西男子着手的很多，还不如这边学问也极重要而较为冷寂，女子求学可以不谋功利，正适于担负这个责任。中国史学不可说不发达，从我们外行人看来，总觉得向来偏于政治史，其次是军事，经济已绝无仅有，至于人民生活便几乎找不到纪录，后来也不大有人注意。太炎先生曾说，儒生高谈学术，试问以汉朝人吃饭时情状便不能知，这话实在说得不错。我现在便是想劝女士们来做这方面的学问。

【锺校】

①“至”原作“致”。

汉朝人吃饭时情状不过是一个例，推广起来可以成为许多许多的问题。我们各时代地方的衣食住，生计，言语，死生的仪式，鬼神的信仰种种都未经考察过，须要有人去着手，横的是民俗学，竖的是文化史，分了部门做去，点点滴滴积累起来，尽是可尊贵的资料。想起好些重要事业，如方言之调查，歌谣、传说、童话之收集，风俗习惯之记录，都还未曾做，这在旧学者看来恐怕全是些玩物丧志的事，却不知没有这些做底子，则文字学、文学史、宗教、道德、思想史等正经学问也就有点站立不稳，由此可知学问无孤立亦无无用者也。尝见英国有哈理孙女士，研究古希腊宗教神话，茂来女士著《西欧之巫术》等，皆有新意见有重要地位，传说中“亚耳戈号①的航海者”，“灰娘”等专题研究，亦有诸女士担任，著有专书行于世。

美国儿童学书，自体质知能的生长之测量，以至教养方策，儿歌童话之研究，发刊至多，任之者亦多是女士，儿童学祖师斯丹来诃尔生于美国，其学特盛，又教育发达，幼稚园女师众多，故具此现象，中国自不能相比，唯其意实可师也。相传谓自人类学成

【锺校】

①“亚耳戈号”原作“亚尔戈处”。

立而“人”之事始渐明，性的研究与儿童学成立而妇人小儿之事始渐明，是为新文明之曙光，何时晒进中国来殊未可知，总值得留意，男子如或太忙，可希望者自唯在女士耳。预备工夫大抵最要是常识，国文外国语也极重要，研究以本国事物为对象，故资料大半须求之于古文献。若比较研究之方法则不得不借助于异邦先辈的著作，外国文需要两种以上才行，否则不单是怕不够用，亦虑眼界未能广也。覙缕至此，仍未着边际，自己觉得有点近于醉话，其实是未必然，大约只是说的不好之故，若然则此一席之话殆可以就此结束矣。

读《列女传》

有友人来叫我给杂志写文章。近年来文章不大写，因为没有什么话想说，但也不是全不执笔。假如有朋友的关系，为刊物拉稿，那么有时也写一点聊以应酬，至于文章之写得没意思，那自然是难免的了。既然是友人来说，似乎不好不写，问是哪一种刊物，答说大约是妇女杂志。杂志有特殊的性质，写文章便须得守住范围，选取题材大不容易，这又使我为难起来了，虽然我未始不曾做过些赋得的文章，在学堂里得到汉文老师的好些佳批，写倒也不难，只是这何苦来呢。可是我想了一回之后，终于答应了，关于妇女问题，并不如友人在电话里笑说，你还可以来得几句，实在因为以前曾经留心过，觉得值得考虑，这也是一个机会，可以借此发表一点意见。经过很久的思量，仍旧不能决定来说什么，结果还是写了一个《列女传》的古老题目。

这题目定得不算好，一看就像是所谓赋得体，是其一。其次是，当初就有私意，前年秋天曾写过这样一篇小文，有窗稿可以利用。那篇稿只有二百多字，现在假如拉长了五倍，岂不够用了么。话虽如此，实际并不容易做，旧稿中可以抄来的细看只是一小半罢了，而且这题目到底是枯窘，要想舒展也大费力，题是赋得式的，文章却不想那么做，不喜欢说新奇的或是陈腐的两样假话，此其所以为难也。

寒斋所有《列女传》，计有下列几种：一，"四部丛刊"本影明板《古列女传》，王照圆的《列女传补注》，梁端的《列女传校注》，萧道管的《列女传集解》，本文相同，都是刘向所编撰的原本八卷。二，刘开所纂《广列女传》二十卷。我们平常所说的《列女传》大抵是指的第一种。我最早所有的是梁注本，以后得到王管二家注解本，到手的时候常连正文翻看一过，所以想起来看了也已有好几回了。普通的印象是，如王回所说，奥雅可喜。前年秋天题记中有别的看法，大意云：

> 《列女传》自昔日为女教经典，至今读之也无甚可厌处，不独"贤明""仁智"诸人通晓事理，可为良妻贤母之规矩，即《贞顺传》中人亦确然有其个性，异于易损之货物。

后世书中为人父者诏子女以孝，为人夫者教妻妾以节，无论措语如何工巧，他人见其肺肝，闻之但可发微笑耳。《列女传》尚少此感，良由古人文情质实，且亦态度不同也。

这个意见，在现今重录的时候，还是一样。《列女传》卷四《贞顺传》中，宋恭伯姬不肯避火，楚昭贞姜不肯下台，死于水与火，如颂所云，其一守礼一意，其一处约持信，之死不二，此古侠士之风，及于闺阃，与匹妇被迫之寻短见者，区以别矣。我们不必发思古之幽情，以为上古定是乐土，但前人质朴，即或粗野较多，而卑劣分子故当较少，丈夫与女子虽气风不同，自宜各有其人格存在，非汉以后人之比也。后世男子自己的地位益落，其视女人亦自更低，如钱塘夏先生所言，盖已非复奴隶而是货物矣，上者才及金丝雀，下者如犬马而已，太平之时多畜置以为玩饰，及至乱世则唯歼绝之，可以轻身自保，并可易得令名，为家门之光，亦有利于前程者也。鄙人读史志文诗，见记妇女死兵死难者一族一邑有若干数，侈陈以为光荣，未尝不为作恶终日，邦国多乱，妇人不幸罹害为最，而男子或反因而得①利，思之黯然。

【锺校】

① 原无“而得”二字，今增。

《广列[①]女传》本以刘子政书为范，多收原文，卷十三至十六为“烈妇类”，乃有四卷，分量为全书冠，死者固可矜，男子读之更应知此正是生者之耻耳。《列女传》一类书，此时如能虚心读之，颇有好处，但须当作史料，不可奉为教训，古传中的守礼持信固佳，广传中的急迫死难，亦均可供男女两方的参考，促其反省也。

俞正燮《癸巳存稿》卷十四有《谈莠书》六则，其二曰《愚儒莠书》，后半云：

> 王辟之《渑水燕谈录》云，陈尧咨守荆南，宴集以弓矢为乐，母夫人曰，汝父教汝以忠孝辅国家，今汝不务行仁化而专一夫之技，岂汝先人志耶。杖之，碎其金鱼。射为六艺之一，州将习射乃正业，忠孝之行也。受杖当解金鱼，杖碎金鱼，金坚且碎，人骨折矣。衰门贱妇亦不至此，尧咨母不当有此言此事。宋方昕《集事诗鉴》引此为贤母，著书者含毫吮墨，摇头转目，愚鄙之状见于纸上也。

案：《广列女传》卷七《母仪类下》即载此[②]事，赘

【锺校】

① “列”原作“烈”。

② 原无“此”字，今增。

以颂曰：

> 辅国有训，惟忠惟孝。小技自矜，何关政教。怒而惩之，进以大道。

对照读之，大可发笑。曰愚与莠，或未免太言重一点罢，但驳斥得不能说是不对。窃意如有此种见识，则去看古今一切书，无不如扬糠筛米，精粗立辨，随处得益，至可歆羡。俞君为嘉道间杰出的学者之一人，《书目答问》附录《著述诸家姓名略》中列在汉学专门经学家、史学家、经济家三项下，说明中有云，以经学史学兼经济者，其经济成就远大。此评语本亦不错，但我以为俞君之难及处，还在其见识之平实，如上文可见，其关于妇女问题者尤为独绝。李慈铭在《越缦堂日记补》辛集上记阅《癸巳类稿》，有云：

> 俞君颇好为妇人出脱，其《节妇说》言，《礼》云，一与之齐终身不改，男子亦不当再娶。《贞女说》言，后世女子不肯再受聘者谓之贞女，乃贤者未思之过，未同衾而同穴，则又何必亲迎，何必庙见，何必为酒食以召乡党僚友？直无男女之分。《妒非女人恶德论》言，夫买妾而妻不妒，是恝也，恝则家道坏矣。明代律例，民年四十以上无子者方听娶妾，违者笞四十，此使妇女无可妒，法之最善者。语皆偏谲，似谢夫人所

谓出于周姥者，一笑。

越缦俗儒，满腹都是男子中心的思想，其以俞君语为偏谲本不足异，唯比拟为出于周姥则极有意思，本是排调却转成赏誉矣。以周公制礼，而能得周姥之意，非忠恕一贯岂能至此，可不谓之大贤乎。有如此平正通达的见识，可以谈妇女问题，无有偏执，亦可以写《新列女传》，读之益人神智，惜乎未曾下笔，至今无能代者，可为嗟叹也。

观世音与周姥

近日翻阅《妙法莲华经》，“《普门品》第二十五”具说观世音弘愿神力，古今传诵，如偈中有云：

悲体戒雷震　慈意妙大云

澍甘露法雨　灭除烦恼焰

文情俱佳，甚觉喜欢。但是长行中云：

应以长者居士长官婆罗门妇女身得度者，即现妇女身而为说法。

读了却更有所感触。本来如经所说，观世音是无刹不现身的，所以这在神通与方便上说，都别无问题，我所有感的乃是为妇女说法而特别现妇女身。这因为是印度男女有别的缘故么？如说是的，问题便可简单了结，岂不甚好？然而实在不是。佛在世时为善男子善女人说法，初无差别，因阿难之请而听大爱道出家为尼僧之始，其后有愿为比丘尼优婆夷声闻弟子者，佛均许可，可以为证。观世音特别这样做，那么为的是什么呢？粗说其理由，因为菩萨的慈悲，誓度无边众生，利用种种机缘，至示现八部人非人身，则妇女者本只其方便之一耳。本来变了龙与龙说话，变了金翅鸟与金翅鸟说话，情意容易相通，并无足奇，变了女人与女人说话，事同一律，也就可以照样的看过去。可是，女人也是人，她们说的话同男子一样，为她们说法何必现妇女身？这句话问得很有道理，但是我们知道替别人设身处地的想，极是不容易的事，何况分属异性，虽是同历人世苦甘，毕竟感受有殊，经文于妇女中又分举四种身，随宜说法，则又以境遇而生区别，理想的说话我想应当是这样办法才好。此刻现在来谈《法华经》中的文句，这种迂阔的人大约也不大会有，我因经文而感到的，实在还是在别的方面，妇女问题实是重大，有许多还得妇女自身来提出，求得解决之路，这我相信是在时间上已经很旧，但在意义上也还颇新的一句话。

上边所引的经文，虽然源出印度，可以算是旧的一例吧。沈濂著《怀小编》卷五《海沂子》一则云：

明王文禄海沂，其《敦原篇》谓古人父重母轻，以制礼者乃男子，故为己谋，不免于偏私。案：此论与《关雎》为周公作，非周姥作，何异。唐武后改古礼父在母服期年为三年，可以此意揣测古圣乎。

李慈铭著《越缦堂日记补》辛集上有一条云：

阅黟县俞理初孝廉正燮《癸巳类稿》，皆经史之学，间及近事记载，皆足资掌故。俞君颇好为妇人出脱，其《节妇说》言，《礼》云，一与之齐终身不改，男子亦不当再娶。《贞女说》言，后世女子不肯再受聘者谓之贞女，乃贤者未思之过。未同衾而同穴，则又何必亲迎，何必庙见，何必为酒食以召乡党僚友，直无男女之分。《妒非女人恶德论》言，夫买妾而妻不妒，是恝也，恝则家道坏矣。明代律例，民年四十以上无子者方听娶妾，违者笞四十，以使妇女无可妒，法之最善者。语皆偏谲，似谢夫人所谓出于周姥者，一笑。

这两个人意见很有点相同，都说到周姥。案：《太平御览》卷五百二十一引《妒记》曰：

谢太傅刘夫人不令太傅有别房宠，公既深好声色，不能令节，遂颇欲立伎妾，兄子及外甥等微达其旨，乃共谏[①]刘夫人，方便称《关雎》《螽斯》有不妒忌之德。夫人知讽己，乃问谁撰

【锺校】

①“谏”原作“练”。

《诗》，答云周公。夫人曰，周公是男子，乃相为耳。若使周姥撰[1]，应无此语也。

谢公生于东晋之季，距今有千五百馀年，然则周姥的典故亦已可谓旧矣。后人说及，多意含非笑，如沈李二君可为代表，此固是当然，盖男子相为，自亦俗情之常耳。唯说者太偏信古圣以为必不至于偏私，也未免是惑，如武后改丧制，出于反动的有意的，故显而易见，周公倘撰诗，非意识的为己谋，正是难免的事，吾辈亦可不必为讳也。讲到这里，我深感觉妇女问题之不易谈，周姥与周公都有困难，理想的办法只有是神，如具足神通力，广修智方便的菩萨，能超越性的界限而现妇女身者，其次如[2]先知帖勒西亚斯，前世曾为女身，有国王与后争论男女间的问题曾取决于他，这样的人说话总是不会再错的了。可惜而今剩馀的只有故事，虽然我很喜欢《普门品》的文章和意思，事实上还是没法办，所以这一路只得暂且搁下了。

现在话又说了回来，日光之下并无新事，妇女问题仍须善女人善男子自己来解决，这里第一重要适合

【锺校】

①“撰”原作“传”。

②“如”原作“而”。

的，承上文说来自然是妇女自身。正面的理由似无须多说，自己来讨论解决自己的问题，这岂不是一百分的合理，故人云明于观火，其是之谓欤。我们觉得应说几句的乃是这反面的事，即是妇女可以这样做么？傅玄《苦相篇》云，“苦相身为女，卑陋难再陈”。白居易《妇人苦》诗云，“为君委曲言，愿君再三听。须知妇人苦，从此莫相轻”。这种情形，女人自己当然知道的最清楚，然而有些事情也更比别人难说，我们只看至此刻为止，至少关于道德上两性平等的问题，未见有何正大深刻的要求与论争，可以知之。盖此颇与革命的言论相似，往往不但无效，且易得祸患也。中国妇女尽有这见识学问，而社会上还少接受她们的直言之馀裕，则奈何。所以向来关于妇女问题要说几句逆耳之言的，也还只有男子，虽然如李卓吾因此而被迫害，可以算是例外，大概都可安全的说过去，不过大众报以白眼或冷笑，指点说出于周姥云云而已。男子讲论妇女问题，无论怎么用心，总难免隔膜，但如得到评语说好为妇人出脱，或以周姥比拟，那么这便是确证，原论即使不深厚，也总有可取，盖男子立言而能近于周姥，是即能理解女子的立场，凡夫无此神通，为特现妇女身，亦差有所谓做起讲之意，王文禄俞正燮诸君之可尊重正以此故也。近二三十年中国思想稍有变动，将来讨论此等问题当有进步，女子自宜代表其同性，男子参加者亦会增多，周姥撰诗一语将由[①]讥评而转为赞语，世事便大有希望，时间纵或稍远亦无妨耳。由观世音说到周姥，跑了一趟野马，稿纸已完，议论未有结束，想来亦是难怪，此问题极大，我们写百十纸，固难能动其分毫也。

（廿九年七月廿六日）

【锺校】

①“由”原作“有”。

女人轶事

偶然从估客的书包中得到《磨盾馀谈》一册，木板小本，内分两编，共计六十七页，是普通的书，没有什么特点可取。首页有印朱文曰“钱唐丁氏正修堂藏书”，稍上又一印较大，文曰“江苏省立第一图书馆藏书”，由此可以知其前后踪迹，今来燕市，当是兵燹馀生，亦可珍惜，因收存之。书有咸丰甲寅小引，署曰“钱塘张炳”，内不分卷而两编各有题目，一曰《记潞河白大司空轶事》，二[①]曰《记潞河白母刘太夫人轶事》，盖张日熙当时为白小山第七子季生作记室，故为东家撰文颂扬其先德，事本寻常，虽自称笔无诬词，备野获也，是否都无甚关系，不佞亦不顾问也。唯披阅一过，觉得好些地方也很有意思，特别是关于刘太夫人轶事这一部分，本文除小引及家传

【锺校】

①“二”原作“仁”。

外共三十五则，有记其教子如何严正者，此本亦甚佳，而往往动手就打，不免可笑，但或是实录。如云：

季生与又迂两君岁底下学，偶失叩辞于师，闻之大怒，力挞不解。

又云：

熙亭观察已生子女，偶一时向人前评论妇女之妍媸，随即掌责之。

所生唯一女，适同州李室，在家时偶于饭桌上挑拣菜蔬，便取箸[1]连挞云，幼小如此，若长大到婆家，岂尚成妇道。

这种家教似乎太偏于严，不过在那时候本来不算怎么奇怪，就只是我们现在看了不能佩服罢了。文中又说刘太夫人生活怎样的刻苦，仿佛也是平常行状中所有事，唯所记幼而遘闵，造成这样性格的本事，却是很足动心，也可以注意。据本编引言中云：

生四岁而父有渭南伯沈园之戚。

家传云：

太夫人生四岁，西斋先生顺亲意，有蒸藜之出。太夫人长，至不能忆母容，幽忧伊郁，自顾

【锺校】

①“箸”原作“著”。

无人生乐趣，盖终其身不一日忍涉乐境者，即基诸此。

轶事第一则云：

> 衣粗食素，孜孜苦行，劬瘁不恤。凡南之新笋，北之蘑[1]菇，谓佳味也，皆屏不食。其心不忍一日涉乐境，有劝之者，辄以奉佛为辞，盖其苦心孤诣，不愿为外人道尔。

此种心境乃大可谅察，读之令人不乐，即其可以感人也。尝读汪龙庄著《双节堂庸训》，卷一中有记显生妣徐太夫人轶事六则，其第二三两则云：

> 病起出汲，至门不能举步。门故有石条可坐，邻媪劝少憩，吾母曰，此过路人坐处，非妇人所宜。倚柱立，邻媪代汲以归。
>
> 尝病头晕，会宾至，剥龙眼肉治汤，吾母煎其核饮之，晕少定，曰，核犹[2]如此，肉当更补也。后复病，辉祖市龙眼肉以进，则挥去曰，此可办一餐饭，吾何须此。固却不食。羊枣之痛，至今常有馀恨。

每读辄不禁黯然。案：此二人境况不甚相同，徐氏本

【锺校】

①“蘑”原作“磨”。
②“犹”原作“就”。

是妾，早寡食贫抚孤，及其子登进士，则已死不及见矣。刘父为知县，夫由翰林历官至户尚，子孙繁盛，乃以生母被出，只此冤苦一念，致毒其生涯，虽处富贵之中，终无乐趣，其所自处坚苦之道与嫠穷殊无二致。二者原因虽异，皆足以见昔日女人之一种苦境，此固不独孝子顺孙言之有馀恫，即后世旁观外人亦不禁掩卷太息者也。中国妇女问题尚未开始，亦不知何时才有希望，但此等都不失为很好的资料，可供有心者之思考。现今男女教育纵或相当发达，此又是另一回事，与妇女问题固无什么关系也。

轶事所记别有两则很有意思，可以想见刘夫人之非凡处。其一云：

> 性最慈，尝谓无论器皿什物，置不得所，辄被破坏，我见之掉头不顾，此即胸中一杀机也。位置安全，必使妥贴无患，此即胸中一生机也。于禽鸟草木悉不忍戕，即蚊蚋蚤虱之细，亦不辄杀，每出户庭，举步必看蝼蚁。最异者，北方夏苦多蝎，一夜入袖中簌簌作声，从暗中徐以手拈出之，竟不螫。

好生戒杀，本亦常见事，唯所云生机一节乃甚有致，此不单是慈悲，实有智慧混和其中，乃能作此雅言，极为难得。又一云：

> 出言多名论，发前人所未发。尝谓倡伎天下皆以为贱，然彼所以致此者，多鬻自父母耳，为人子者至自鬻以养父母，其境可悲，其心更可悲，吾特以为皆孝女之一端也。故平素于嫡庶间待妾必以礼，谓凡为妾为婢者皆能尽孝于亲而更得其正者，我时对之有愧，敢不爱而敬之乎？每见人之凌侮妾婢者，曰，是皆不能设身处地以思也。

此一节极有意义，但宜分别论之。倡伎是一种孝女的话我以前曾经说过，在论“鬼怒川事件”的小文里，正与福建的宰白鸭是孝子一样，自己觉得这颇说的深刻确切，不意百馀年前的老太太也已有相像的话，不得不深表佩服。不过我的说法是梵志的翻着袜式的，而刘夫人乃老实的做正面文章[1]下去，云对之有愧。似不足为训，虽或由感于自己之不能尽孝于出母，故发为偏激之词，亦未可知。至于世间凌侮妾婢，此俞理初所谓虐无告者，凡有常识者当无不以为非，别无需什么理论，与上文所言亦可不相涉也。

【锺校】

①“章”原作“童”。

蔡文姬《悲愤诗》

近来想买一点清朝人笔记来看，收得焦南浦的《此木轩杂著》八卷，光绪初年席氏刊本，其中已有烂板，而文实可读，可谓同类书中之白眉。书中偶有眉批，又一印文曰“王小松”，第二册卷首有题词五行云：

拥书三十年，多半手未触。翻从病榻上，泛观或细读。有味不能多，什九语陈腐。艰深与敖牙，亦不爽心目。此编无鸿文，杂论遂所取。识解颇超卓，笔墨颇简古。晚书不值钱，幸未付书贾。

庚午九月黄冠村人王小松

案：庚午为民国十九年，王小松不知为何许人，但据批语可推知是生于北方耳。题诗似偈，虽去入通押，读之未免拗口，但颇有风致，意思亦佳，评骘的尚[1]有

【锺校】

①“尚”原作“当”。

见识。焦氏立论多极严正，唯因有识见有理解，故判断得中，宽严合理，真读书人不当如是耶。卷二有“范史列女传”一条云：

范晔作《列女传》凡十七人，而蔡琰文姬在焉，论者非之，谓琰失节于胡，徒以其文采之故而录之，非所以厉妇节。余谓琰有如此之才，身不能死，而流离困辱，备历人世艰厄之境，其事诚伟，其情诚可悲也。范固云，搜次才行尤高秀者，不必专在一操而已。才致如琰，遭遇丧乱，出死入生，万端千状如琰，秉史笔者固不得而没之也。且但备纪其本末，则所以劝诫之意亦寓其中矣，岂必刊削无遗馀，甚者痛訾极詈，然后为良史哉。后之妇人有志节者，决不以文姬得列于传而相慕效，然则晔[1]之为此，其于名教盖可以无罪也。

后半为范蔚宗辩解，语甚平凡，前半所说则极有意义，人世苦痛是可悲故而伟大的事，史家首应注意，若执笔点定个人言行之好坏，则是歪曲恶化的末流耳。杭堇浦著《订讹类编》卷二《蔡琰入胡在邕未诛前》一则云：

【锺校】

①“晔”原作“哗”。

> 《蔡宽夫诗话》云，《后汉·蔡琰传》载其二诗，或疑董卓死邕被诛而诗叙以卓乱流入胡，为非琰词（案：东坡有是说），盖未尝详考于史也。且卓既擅废立，袁绍辈起兵山东，以诛卓为名，中原大乱，卓挟献帝迁长安，是时士大夫岂能皆以家自随乎，则琰之入胡不必在邕诛之后。其诗首言“逼迫迁旧邦，拥主以自强，海内兴义师，欲共讨不祥”，则指绍辈固可见。继言“中土人脆弱，来兵皆胡羌，猎野[1]围城邑，所向悉破亡”，“马边悬男头，马后载妇女，长驱西入关，迥路险且阻”，则是为山东兵所掠也。其末乃云“感时念父母，哀叹无穷已”，则邕尚无恙，尤无疑也。

此条考证文姬入胡在蔡伯喈未狱死之前，乃是别一问题，姑且不论，这里有关系的只是说明虏掠的是山东的义兵，其人则是胡羌，盖由山东出河南，大掠而西，入于匈奴，这时候如是初平元年，则文姬归汉当在建安七年顷矣。《悲愤诗》第一章记乱中惨状，最有价值，上文所引太略，今从“欲共讨不祥”下，据《后汉书》抄录于后：

【锺校】

①“猎野”原作“纵猎”。

卓众来东下，金甲耀日光。

平土人脆弱，来兵皆胡羌。

猎野围城邑，所向悉破亡。

斩截无孑遗，尸骸相撑拒。

马边悬男头，马后载妇女。

长驱西入关，迥路险且阻。

还顾邈冥冥，肝脾为烂腐。

所略有万计，不得令屯聚。

或有骨肉俱，欲言不敢语。

失意机微间，辄言毙降虏[①]。

要当以亭刃，我曹不活汝。

岂复惜性命，不堪其詈骂。

或便加棰杖，毒痛参并下。

旦则号泣行，夜则悲吟坐。

欲死不能得，欲生无一可。

彼苍者何辜，乃遭此厄祸。

末述十二年后归乡的情形云：

城郭为山林，庭宇生荆艾。

白骨不知谁，纵横莫覆盖。

出门无人声，豺狼号且吠。

【锺校】

①“毙降虏”原作“敝降虏”。

茕茕对孤景，怛咤糜肝肺。

登高远眺望，魂神忽飞逝，

奄若寿命尽，旁人相宽大。

董卓之乱至今已历千七百五十年，但读此诗似无甚远隔之感，仿佛才如百年前事而已。太平天国之役去今不过八十年，其时情形恐未必有异，记录留存，今尚不少，亲历惨痛，而记述最详者，或当推李小池的《思痛记》，其所言悬男头载妇女之状，何其与《悲愤诗》相似，所不同者唯易韵言为散文耳。我们读此等诗文，固然第一为作者个人悲哀，但此是民族的悲剧，受其害者不知凡几，有一二人独能发为音词留在纸上，则虽是个人的说话，实乃代表无数人的苦痛，对于此第二点又不能不表示尊敬，此盖近于献给为公众幸福而横死者之一种尊敬矣。自汉末以至清末，此等事不知反复若干次，思之惘然，留下一点纪录，读之徒增叹诧，亦复何益。唯有能惧思者，即是关心国家民族的事的，觉得不能放过，此正如摸背上痛疮，因知苦楚，乃可望治疗耳。焦君云，秉史笔者固不得而没之也，可谓知言，再一转即入流矣。

文姬诗云，“旁人相宽大”。人类同情，聊寄于此一语，焦南浦盖有之，此则非一般论者所能了知者已。

流寇与女祸

《茶香室丛[1]抄》卷三有《明季流寇起衅于妇人》一则云：

> 《秋灯录》云，御史毛羽健娶妾甚嬖，其妻乘传至，立遣之，来速不及预防，羽健恚极，迁怒于驿递，倡为裁驿夫之说。驿递一裁，倚驿递为生者无从得食，相率为盗，闯贼得以招集之。流毒宗邦，覆灭宗社，而实酿于一妇人，女祸之酷，伏于衽席，可不慎哉。案：《秋灯录》不知何人所撰，列入吴江沈氏《昭代丛书》，署云钓雪滩主人沈元钦钞。

王季重在《谑庵文饭小品》卷一中有“简周玉绳”三柬，其二均说及裁驿递事，其文云：

> 不佞得南缮郎且去，无以留别。此时海内第

【锺校】

①“丛”原作“业”。

一急务，在安顿穷人。若驿递不复，则换班之小二哥，扯纤之花二姐，皆无所得馍馍，其势必抢夺，抢夺不可，其势必争杀，祸且大乱，刘懋毛羽健之肉不足食也。相公速速主持，存不佞此语。

又云：

刘掌科因父作马头，被县令苦责，其言罢驿递犹可。若毛御史在京置妾，因其妻忽到，以公祖轻与勘合，而怒室色朝，突发此议，则因戏起乱矣。驿递乃穷人大养济院，穷人无归，乱矣。再语之相公。

当时谑庵在北京，其所说当可信。《海虞说苑》乙编中收有赵某著之《厝亭杂记》一卷，其中有一则云：

丙子春有岁贡生某者，忘其姓名，伏阙上书，上命取览，以所言无当而罢之。然其言亦有所见，如云，裁减驿递，而杠轿等夫去而为贼，则复驿递为平贼急着。一时或笑其迂，不知此实至言。天生此食力之民，往来道路，博分文以给朝夕，一旦无所施其力，不去为贼，安所得食乎。后有自秦晋中州来者，言所擒之贼多系驿递夫役，其间肩有痕易辨也，乃知此生之言不谬。

所记有康熙初年事，著者盖是明末清初人，记中自言癸未冬入都，见搢绅皆易小袖，则崇祯末亦在北京，其所见闻亦当有据。罢驿递一事，其结果可以想见一定是为丛驱雀，流寇因此加多了，却并不是流寇兴起的原因，所以复驿递也不能有益于平贼，既作贼的未必再肯回来做杠轿夫，但至少亦总可消极的减少一点乱源耳。此是三百年前事，仿佛是已经过去很远了，但是我们现在再拿起来看看，觉得也还是很有意义的。

数年前读《老学庵笔记》，写过一篇小文，篇末抄引放翁的一节原文云：

> 青城山上官道人，北人也，巢居食松麨[①]，年九十矣，人有谒之者，但粲然一笑耳，有所请问则托言病聩，一语不肯答。予尝见之于丈人观道院，忽自语养生曰："为国家[②]致太平与长生不死皆非常人所能然，且当守国使不乱，以待奇才之出，卫生使不夭，以须异人之至，不乱不夭，皆不待异术，惟谨而已。"予大喜，从而叩之，则已复言聩矣。

我在这后边又加上几句蛇足的评语云：

【锺校】

①"麨"原作"麪"。

②"家"原作"象"。

上官道人其殆得道者欤，行事固妙，所说治国卫生的道理，寥寥几句话，最高妙也最切实，我想这或者可以说是黄老之精髓吧。所可惜的是不容易做，大抵也没有人想做过，北宋南宋以至明的季世差不多都是成心在做乱与夭，这实在是件奇事。

罢驿递也是明末助乱的一点滴，而成之者则是刘掌科毛御史，其个人虽可轻鄙，其阶级则甚重要，盖言官者实士大夫之代表，犹今知识阶级之居言论界者也。屠长卿著《鸿苞》卷四十五中有一条云：

今时士大夫率攘臂以言语为勋业，终南捷径止在袖中一纸弹文，遂成风俗。嗟乎，天下何事不可为。

此固是明季之风气如此，实在亦并不限于一时，如《朱子语类》中所云，宋朝也是这样，清末则尚在人耳目间也。陶拙存在《求己录》卷下有一节说得很好：

纸上所传经济，推行动多窒碍，世事愈出愈奇，人情愈变愈幻，伏处草庐，断不能通知时务，即阅历仕途，亦未必洞悉庶政。好事者侈陈议论，多未平心静气，兼权理势之当然，第见其易，不见其难。凡视事太易者非妄即迂，纵心术端正，亦难与共济。

这里所说，还只是普通言事的弊病，即以言语为勋业也，若心术不端正者便妄作威福，对人则骂人，尚止祸及一人，对事则败事而害及大众，如刘毛二公是也。我尝想中国文人学会两种文章，即八股与策论，八股代圣贤立言，可应用于恭维附和，策论批评史事时务，适于毁谤攻击，数百年来一以贯之，过去一时查不清他的起头，将来也不能知其何时结尾。刘毛之事，实止其一鳞，其为人所注意指斥，恐亦是偶然的不幸也。《秋灯录》归结到女祸，乃是节外生枝的岔出题外去，其实重要问题在于王季重的安顿穷人，亦即上官道人所谓谨耳。

【附记】 以上自《读书的经验》至《流寇与女祸》凡十篇，均为《新光》杂志而作，在志上登载过。此系妇女杂志，故题材多与妇女有关，今虽已事隔数年，重阅一过，觉得尚有一部分在现今亦有可供参考者，故重为排比存之。

（三十二年九月十日校记）

释子与儒生

读贺子翼的《水田居集》，有《诗筏》二卷，所说通达事理多可喜，有一则云：

> 贯休诗气幽骨劲，所不待言，余更奇其投钱镠诗云，满堂花醉三千客，一剑霜寒十四州。镠谕改为四十州乃相见，休云，州亦难添，诗亦难改，遂去。贯休于唐亡后有湘江怀古诗，极感愤不平之恨，又尝登鄱阳寺阁，有故国在何处，多年未得归，终学于陵子，吴中有绿薇之句。士大夫平时以无父无君讥释子，唐亡以后满朝皆朱梁佐命，欲再求一凝碧诗几不复得，岂知僧中尚有贯休，将无令士大夫入地耶。

严九能著《蕙櫋杂记》中亦云：

> 大慧禅师曰，予虽学佛者，而爱君忧国之心与忠义士大夫等。紫柏老人读《宋史·李芾传》大恸，怒侍者不哭，欲推堕岩下。被缁削发，究

无生法忍，须具如此胸襟而后可。

这两节都说得极好，不但是关于佛教有所说明，也可以移到别处的事情上来。平常士大夫辟佛只骂倒世俗和尚而已，于佛教精神全不曾理会得。如阮葵生著《茶馀客话》卷十二云：

昔人谓佛老都是忍心汉。人之所以为忠臣孝子义夫节妇者，其心皆有所不忍也，佛老则无所不忍。呜呼，君父何人，忠孝何事，是可忍也，孰不可忍也[①]。

此即是一例。声闻缘觉二乘可以说是独善其身的办法，若是大乘菩萨的行愿，单就众生无边誓愿度来说，尧舜其犹病诸，惟有大禹可以够得上吧。盖士大夫都是臣子的身份，故以忠孝为其义务，菩萨乃以君父自居，欲尽其慈仁之责，所以更是难能而可贵了。中国儒生亦称引禹稷，而行禹之道者却只有墨者，孟子又复斥之为禽兽，张和仲著《千百年眼》卷三曾论之曰：

世方决性命之情以饕富贵，安肯如杨子之不[②]

【锺校】

①“君父何人，忠孝何事，是可忍也，孰不可忍也”，原倒错作“君父何人，忠是可忍，孝何事也，孰不可忍也”。

②“不”原作“下”。

拔一毛，世方后公事急身图，安肯如墨氏之摩顶放踵而利天下。妨道蠹民，其惟乡愿乎，彼[1]其通宦机适俗性，故能深投小人之好，而且以久流于世也。然杨墨真而乡愿伪，试思泣歧悲染是何等心胸，即墨子守宋一端，已为古今奇绩，假令世有若人，又何暇稽其无父无君之流弊，即目之为忠臣孝子可矣。

由是可知，释子学佛，与墨者学禹相同，都不是容易事，非是有血性人不能到。若杨子为我，有如修小乘者，但了得四谛，至多多可获阿罗汉果，终是自了汉，不可同日而语也。《孟子·离娄下》云：

禹稷当平世，三过其门而不入，孔子贤之。颜子当乱世，居于陋巷，一箪食，一瓢饮，人不堪其忧，颜子不改其乐，孔子贤之。孟子曰，禹稷颜回同道。禹思天下有溺者，由己溺之也，稷思天下有饥者，由己饥之也，是以如是其急也。禹稷颜子易地则皆然。

这里说的本很圆通，明明说出有两条路，即平世与乱世不同，其实这不同的还只是两种人，禹稷与颜回有如伯夷与柳下惠，情性能力不是一样，孟子同样看

【锺校】

①“彼”原作“待”。

待，虽或与事情不甚相合，这宽大的看法总是可取的。后来的儒生却更是不逊，大约自从韩愈以来一心只想道统，以明其道不计其功为口实，便以为天下最高的只有一种人，便是讲学家，这在佛教还够不上小乘，大抵等于唱经的和尚罢。《癸巳存稿》十三《黄石斋年谱当毁论》中引石斋讲书问答，有云：

禹稷做一代宗祖，细如路人；仲尼做树下先生，尊于天地。此处看破，才有克复源头。

俞理初甚以为非，谓以禹稷细于路人，不似克复人语。其实克己复礼与救民饥溺原是两样事，如何比较得来，如必谓讲克复胜于救民，则害理甚矣。

据我们平凡人想，儒家本是讲实际的，并不是不重功利，那么其理想当然是禹稷，孔子栖栖皇皇的奔走，其理由也无非是忧民，所以如是其急，等到设法下手去干，这才来坐在树下找几个学生讲讲，所讲的恐怕还是入世的问题要紧，性命之理也总在罕言之列罢。韩愈辟佛成名之后，后人忽又见禅理而大悦，于是儒家的主要事情变成专讲[①]玄学，案：此在西儒称为《物理后学》，中国儒家着重世事，此正是物理所有事，乃跳过了来讲后半橛，反而专弄玄虚，难怪反

【锺校】

①“讲”原作“愈”。

为释子所轻，盖彼如不专务拜忏唱戏，其大慈悲种子犹未断绝也。笼统的说一句，中国儒生汉以后道士化了，宋以后又加以禅和子化了，自己的生命早已无有，更何从得有血性与胸襟乎？这一篇账如不算结，儒家永无复生之望，所馀留而或将益以繁荣者，也只是儒教式的咒语与符箓而已。

（二十九年三月七日，改写前年所撰小文）

辩解

我常看见人家口头辩解，或写成文章，心里总很是怀疑，这恐怕未必有什么益处吧。我们回想起从前读过的古文，只有杨恽《报孙会宗书》，嵇康《与山涛绝交书》，文章实在写得很好，都因此招到非命的死，乃是笔祸史的资料，却记不起有一篇辩解文，能够达到息事宁人的目的的。在西洋古典文学里倒有一两篇名文，最有名的是柏拉图所著的《苏格拉底之辩解》，可是他虽然说的明澈，结果还是失败，以七十之高龄服毒人参（Koneion）了事。由是可知说理充足，下语高妙，后世爱赏是别一回事，其在当时不见得如此。如苏格拉底说他自己以不知为不知，而其他智士悉以不知为知，故神示说他是大智，这话虽是千真万真，但陪审的雅典人士听了哪能不生气，这样便多投几个贝壳到有罪的瓶里去，正是很可能的事吧。

辩解在希腊罗马称为“亚坡罗吉亚”，大抵是把事情“说开”了之意。中国民间，多叫作“冤单”，表明受着冤屈。但是“兔在幂下不得走，益屈折也”的景象，平常人见了不会得同情，或者反觉可笑亦未可知，所以这种声明也多归无用。从前有名人说过，如在报纸上看见有声冤启事，无论这里说得自己如何仁义，对手如何荒谬，都可以不必理他，就只确实的知道这人是败了，已经无可挽救，嚷这一阵之后就会平静下去了。这个观察已是无情，总还是旁观者的立场，至多不过是别转头去；若是在当局者，问案的官对于被告本来是“总之是你的错”的态度，听了呼冤恐怕更要发恼，然则非徒无益而又有害矣。乡下人抓到衙门里去，打板子殆是难免的事，高呼青天大老爷冤枉，即使侥幸老爷不更加生气，总还是丢下签来喝打，结果是于打一场屁股之外，加添了一段叩头乞恩，成为双料的小丑戏，正是何苦来呢。古来懂得这个意思的人，据我所知道的有一个倪云林。余澹心编《东山谈苑》卷七有一则云：

倪元镇为张士信所窘辱，绝口不言，或问之，元镇曰，一说便俗。

两年前我尝记之曰：

余君记古人嘉言懿行，裒然成书八卷，以余观之，总无出此一条之右者矣。尝怪《世说新语》后所记，何以率多陈腐，或歪曲远于情理，欲求如桓大司马树犹如此之语，难得一见。云林居士此言，可谓甚有意思，特别如余君所[1]云，乱离之后，闭户深思，当更有感兴，如下一刀圭，岂止胜于吹竹弹丝而已哉。

此所谓“俗”，本来虽是与“雅”对立，在这里的意思当稍有不同，略如吾乡方言里的“魇”字吧，或者近于江浙通行的“寿头”，勉强用普通话来解说，恐怕只能说不懂事，不漂亮。举例来说，恰好记起《水浒传》来，这在第七回《林教头刺配沧州道》那一段里，说林冲在野猪林被两个公人绑在树上，薛霸拿起水火棍待要结果他的性命，林冲哀求时，董超道：“说什么闲话，救你不得。”金圣叹在闲话句下批曰：

临死求救，谓之闲话，为之绝倒。

本来也亏得做书的写出，评书的批出，闲话这一句真是绝世妙文，试想被害的向凶手乞命，在对面看来岂不是最可笑的废话？施耐庵确是格物君子，故设想得到写得出也。林武师并不是俗人，如何做的不很漂亮，此无他，武师于此时尚有世情，遂致未能脱俗。古人云，死生亦大矣，岂不痛哉。恋爱何独不然，因

【锺校】

① “所”原作“之事”。

为恋爱死生都是大事，同时也便是闲话，所以对于“上下”我们亦无所用其不满。大抵此等处想要说话而又不俗，只有看苏格拉底的样一个办法，原来是为免死的辩解，而实在则唯有不逃死才能辩解得好，类推开去亦殊无异于大辟之唱《龙虎斗》，细思之正复可不必矣。若倪云林之所为，宁可吊打，不肯说闲话多出丑，斯乃青皮流氓“受路足”的派路，其强悍处不易及，但其意思甚有风致，亦颇可供人师法者也。

此外也有些事情，并没有那么重大，还不至于打小板子，解说一下似乎可以明白，这种辩解或者是可能的吧。然而，不然。事情或是排解得了，辩解总难说得好看。大凡要说明我的不错，势必先须说他的错，不然也总要举出些隐密的事来做材料，这却是不容易说得好，或是不大想说的，那么即使辩解得有效，但是说了这些寒伧话，也就够好笑，岂不是前门驱虎后门进了狼么。有人觉得被误解以致被损害侮辱都还不在乎，只不愿说话得宥恕而不免于俗，这样情形也往往有之，固然其难能可贵比不上云林居士，但是此种心情我们也总可以体谅的。人说误解不能免除，这话或者未免太近于消极，若说辩解不必，我想这不好算是没有道理吧。

（五月二十九日）

宣传

我向来有点不喜欢宣传，这本不过是个人的习性，有如对于烟酒的一种好恶，没有什么大道理在内，但是说起来时却亦自有其理由。“宣传”一语是外来的新名词，自从美国的“文学即宣传”这句口号流入中国文艺市场以后，流行遂益广远，几于已经无人不知了。据说原语系从拉丁文变化出来，原意只是种花木的扦插或接换罢了，后来用作传道讲，普罗巴甘大这字始于一六二二年，就是这样用的，再由宗教而转成政治的意味，大约就不是什么难事。中国从前恐怕译作“传教”“传道”之类吧，“宣传”的新译盖来自日本，从汉文上说似是混合“宣讲”“传道”而成，也可以讲得过去，在近时的新名词中不得不说是较好的一部类了。

其实对于“传道”这名称我倒不是没有什么好感的。我读汉文《旧约全书》，第一觉得喜欢的是那篇

《传道书》，《雅歌》实在还在其次。蔼理斯《感想录》第一卷中曾论及这两篇文章，却推重《传道书》，说含有更深的智慧，又云：

> 这真是愁思之书，并非厌世的，乃是厌世与乐天之一种微妙的均衡，正是我们所应兼备的态度，在我们要去适宜地把握住人生全体的时候。古希伯来人的先世的凶悍已经消灭，部落的一神教的狂热正已圆熟而成为宽广的慈悲，他的对于经济的热心那时尚未发生，在缺少这些希伯来特有的兴味的时代，这世界在哲人看来似乎有点空了，是虚空之住所了。

这样的传道很有意思，我们看了还要佩服，岂有厌弃之理，可是真正可佩服的传道者也只此一人，别的便自然都是别一路，说教集可以汗牛充栋，大抵没有什么可读，我们以理学书作比，可知此不全出于教外的诽谤矣。至于宣讲《圣谕[1]广训》，向来不能出色，听说吴稚晖四十年前曾在苏州玩过这种把戏，想或是例外，但是吴公虽然口若悬河，也只宜于公园茶桌，随意乱谈，若戴上大帽，领了题目，去遵命发挥，难免蹶竭，别人更可不必说了。假若我的设想没有错，

【锺校】

① “谕”原均作“喻”。

"宣传"由宗教而转入政治，其使用方法[1]也正如名目所示，乃合"传教"与"宣讲圣谕"二者而成，鄙人虽爱读《传道书》，也觉得其间如有一条大埂，不容易逾越得过，自然也接受为难了。

我不喜欢宣传的理由大约可以说有两种，一是靠不住，一是说不好。不知怎的我总把宣传与广告拉在一起，觉得性质差不多相同，而商店的广告我是平常不很信任的。商业的目的固然第一是获利，却亦不少公平交易，货真价实的店铺，所以不能一概而论[2]，可是很奇怪的是日用必需最为切要的有如米面油盐鱼肉等店大都没有广告，在无报纸时代也还不贴招纸，因为有反正你少不得我这种自信，无须不必要的去嚷嚷，便是现今许多土[3]膏店也是那么悃愊无华地做，一面拿得出货色来，一面又非吃不可，这样的互相依存，生意已有了十分光，语云，事实胜于雄辩，是也。翻过来看，从前招纸贴到官厕所的矮墙上，现在广告登满报纸的，顶多是药店，也并非生药而乃是现成的丸散膏丹，我们也不好一定说医屁股的药比医头

【锺校】

①"方法"原作"法方"。
②"论"原作"议"。
③"土"原作"士"。

的不高尚，总之觉得这些药都很可疑，至少难免有十分之九以上是江湖诀。不管是治什么东西，宣传的方法大抵差不多，积极方面如不说斋戒沐浴，也总是选择吉日，虔诚配合，吃了立见奇效，自无庸说，消极则是近有无耻之徒，鱼目混珠，结果是男盗女娼，破口大骂。这种说法我想殊欠高明，恐难得人家的信用，然而广告与宣传却老是那一副手段，或者因为没有别的方法也未可知，或者信用的老实人着实不少，所以不惜工本的做下去，也是可能的事，虽然这在我看去多少有点近于奇迹。至于说不好，即跟上文而来，差不多可以说是一件事，盖事情如有虚假，话也就难说得圆满，我们虽未学过包探术，唯读书见事稍多，亦可一见便晓，犹朝奉之看珠贝，大抵不大会得失眼也。

本来自然界亦自有宣传，即色香是已。动物且不谈，只就植物来说。古人云，桃李不言，下自成蹊。此何也？桃花有桃花的色，李花有李花的香，莫说万物之灵，便是文盲的蜂蝶也成群而至，此正是直接传达，其效力远胜于报上的求婚广告，却又并不需要分厘的费用。或曰，童二树画梅花，有冻蜂飞集纸上。因为同乡关系，我不想反驳这故事，但是那蜂我想当即飞去了吧，在他立刻觉得这是上了当的时候。大约此蜂专凭眼学，所以有此失，殊不知在这些事情上鼻子更为可恃，说部中记瞎子能以鼻辨别人高下休咎，嗅一卷文有酸气，知其为秀才，此术今惜已不传，不然如用以相人与文，必大可凭信，较我们有眼人从文字上去辨香臭，更当事半而功倍矣。

（七月三日）

第三分

留学的回忆

我到现在来写留学的回忆，觉得有点不合时宜，因为这已是三十多年前的事了，无论在中日哪一方面，不是五十岁以上的人不会了解，或者要感觉不喜欢也说不定。但是因为记者先生的雅意不好推却，勉强答应了下来，写这一回，有许多话以前都已说过了，所以这里也没有什么新材料可以加添，要请原谅。

我初到东京的那一年是清光绪三十二年，即明治三十九年，正是日俄战争结束后一年。现在中国青年大抵都已不知道了，就是日本人恐怕也未尝切实的知道，那时日本曾经给予我们多大的影响，这共有两件事，一是明治维新，一是日俄战争。当时中国知识阶级最深切的感到本国的危机，第一忧虑的是如何救国，可以免于西洋各国的侵略，所以见了日本维新的[1]成

【锺校】

①“维新的”原作“维的新”。

功，发见了变法自强的道路，非常兴奋，见了对俄的胜利，又增加了不少勇气，觉得抵御西洋，保全东亚，不是不可能的事。中国派留学生往日本，其用意差不多就在于此，我们留学去的人除了速成法政、铁道、警察之外，也自然都受了这影响，用现在时髦的话来说，即是都热烈的抱着兴亚的意气的。中国人如何佩服赞叹日本的明治维新，对于日俄战争如何祈望日本的胜利，现在想起来实在不禁感觉奇异，率真的说，这比去年大东亚战争勃发的时候还要更真诚更热烈几分，假如近来三十年内不曾发生波折，这种感情能维持到现在，什么难问题都早已解决了。过去的事情无法挽回，但是像我们年纪的人，明治时代在东京住过，民国以来住在北京，这种感慨实在很深，明知无益而不免要说，或者也是可[1]恕的常情罢。

我在东京是在这样的时候，所以环境可以说是很好的了。我后来常听见日本人说，中国留日学生回国后多变成抗日，大约是在日本的时候遇见公寓老板或警察的欺侮，所以感情不好，激而出于反抗的罢。我听了很是怀疑，以我自己的经验来说，并不曾遇见多大的欺侮，而且即使有过不愉快的事，也何至于以这

【锺校】

①“可”原作“只”。

类的细故影响到家国大事上去，这是凡有理知的人所不为的。我初去东京是和鲁迅在一起，我们在东京的生活是完全日本化的。有好些留学生过不惯日本的生活，住在下宿里要用桌椅，有人买不起卧床，至于爬上壁橱（户棚）去睡觉，吃的也非热饭不可，这种人常为我们所非笑，因为我们觉得不能吃苦何必出外，而且到日本来单学一点技术回去，结局也终是皮毛，如不从生活上去体验，对于日本事情便无法深知的。我们是官费生，但是低级的，生活不能阔绰，所以上边的主张似乎有点像《伊索寓言》里酸蒲桃的话，可是在理论上我觉得这也是本来很有道理的。我们住的是普通下宿，四张半席子的一间，书箱之外只有一张矮几两个垫子，上学校时穿学生服，平常只是和服穿裙着木屐，下雨时或穿皮鞋，但是后来我也改用高齿屐（足驮）了。一日两餐吃的是下宿的饭，在校时带饭盒，记得在顺天堂左近东竹町住的时候，有一年多老吃咸甜煮的圆豆腐（雁拟），我们大为惶恐，虽然后来自家煮了来吃也还是很好的。这其实只是一时吃厌了的缘故，所以有这一件笑话，对于其他食物都是遇着便吃，别无什么不满。点心最初①多买今川小路

【锺校】

①“初”原作“利”。

风月堂的，也常照顾大学前的青木堂，后来知道找本乡的冈野与藤村了，有一回在神田什么店里得到寄卖的柿羊羹，这是大垣地方的名物，装在半节青竹里，一面贴着竹箬，其风味绝佳，不久不知为何再也买不到了，曾为惋惜久之。总之衣食住各方面我们过的全是日本生活，不但没有什么不便，惯了还觉得很有趣，我自己在东京住了六年，便不曾回过一次家，我称东京为第二故乡，也就是这个缘故。鲁迅在仙台医学校时还曾经受到种种激刺，我却是没有。说在留日时代会造下抗日的原因，我总深以为疑，照我们自己的经验来看，相信这是不会有的。但是后来却明白了。留学过日本的人，除了只看见日本之西洋模拟的文明一部分的人不算外，在相当时间与日本的生活和文化接触之后，大抵都发生一种好感，分析起来仍不外是这两种分子，即是对于前进的新社会之心折，与东洋民族的感情的联系，实亦即上文所云明治维新与日俄战争之影响的一面也。可是他如回到本国来，见到有些事与他平素所有的日本印象不符的时候，那么他便敏捷的感到，比不知道日本的人更深的感觉不满，此其一。还有所谓支那通者，追随英美的传教师以著书宣扬中国的恶德为事，于记述嫖赌鸦片之外，或摘取春秋列国以及《三国志》故事为资料，信口谩骂，不懂日文者不能知，或知之而以为外国文人之常，亦不敢怪，留学生则知日本国内不如此，对于西洋亦不如此，便自不免心中不服，渐由小事而成为大问题矣，此其二。本来一国数千年历史中，均不乏此种材料，可供指摘者，但君子自重，不敢为耳。古人云，蚁穴溃堤，以极无聊的琐屑事，往往为不堪设想的祸害之因，吾人经此事变之后，创巨痛深，甚愿于此互勉。我因为回忆而想起留学生抗日之原因[①]，故略为说及，以为愚者一得之献也。

我在东京住过的地方是本乡与麻布两处，所以回忆中觉得不能忘记的也以这两区的附近为多。最初是在汤岛，随后由东竹町转至西片町，末了远移麻布，在森元町住了一年馀。我们那时还无银座散步的风气，晚间有暇大抵只是看夜店与书摊，所以最记得的是本乡三丁目大学前面这一条街，以及神田神保町的表里街道。从东竹町往神田，总是徒步过御茶之水桥，由甲贺町至骏河台下，从西片町往本乡三丁目，则走过阿部伯爵邸前的大椎树，渡过旱板桥（空桥），出森川町以至大学前。这两条路走的很熟了，至今想

【锺校】

①“留学生抗日之原因”，原作“留学□日生之原因”。

起来还如在目前，神保町的书肆[①]以及大学前的夜店，也同样的清楚记得。住在麻布的时候，往神田去须步行到芝园桥坐电车，终点是赤羽桥，离森元町只有一箭之路，可是车行要三十分钟左右，走过好些荒凉的地方，颇有趁火车之感，也觉得颇有趣味。有时白昼往来，则在芝园桥的前一站即增上寺前下车，进了山门，从[②]寺的左侧走出后门，出芝公园，就到寓所，这一条路称得起城市山林，别有风致，但是一到傍晚后门就关上了，所以这在夜间是不能利用的。我对于这几条道路不知怎的很有点留恋，这样的例在本国却还不多，只有在南京学校的时候，礼拜日放假往城南去玩，夜里回来，从鼓楼到三牌楼马路两旁都是高大的树，浓阴覆地，阒无人声，仿佛随时可以有绿林豪客蹿出来的样子，我们二三同学独在这中间且谈且走，虽是另外一种情景，却也还深深记得，约略可以相比耳。

我留学日本是在明治末期，所以我所知道，感觉喜欢的，也还只是明治时代的日本。说是日本，其实除东京外不曾走过什么地方，所以说到底这又只是以

【锺校】

①“肆”原作“肄”。

②“从”原作“等”。

明治末年的东京为代表的日本，这在当时或者不妨如此说，但在现今当然不能再是这样了。我们明白，三十几年来的日本已经大有改变，进步很大，但这是论理的话，若是论情，则在回想里最可念的自然还是旧的东京耳。民国二十三年夏天我因学校休假同内人往东京闲住了两个月，看了大震灾后伟大的复兴，一面很是佩服，但是一面却特地去找地震时没有被毁的地区，在本乡菊坂町的旅馆寄寓，因为我觉得到日本去住洋房吃面包不是我的本意。这一件小事可以知道我们的情绪是如何倾于守旧。我的书架上有一部《东京案内》，两大册，明治四十年东京市编纂，裳华房出版的，书是很旧了，却是怀旧的好资料。在这文章写的时候，拿出书来看着，不知怎的觉得即在大东亚战争之下，在东亚也还是“西洋的”在占势力，于今来写东洋的旧式的回忆，实在也只是“悲哀的玩具”而已。

（壬午小寒，于北京）

关于日本画家

近几年来常听见人说，日本对于中国的古典文学研究翻译很多，日本古典介绍到中国来的却还几乎没有。又有人说，日本很能赏识中国的名画，中国人却不知道日本画家的名字。第一个问题的理由说来话长，暂且不提，第二个问题比较的简单，现在不妨来谈一谈。中国人不知道日本画家，其理由有好几个。其一，本国画家本来也就少有人知道，博物院美术馆差不多还没有，无处可看古画，画集画史近于专门，未易普及，少有美术评论家，后来虽然渐有介绍赛尚、古诃的文章见于杂志，而写得不高明，不能引起读者兴趣。其二，中国画家向不注意日本画，内行既然不提，外行自然更不知道。清末上海石印的《古今名人画稿》中，有好几幅人物画颇诡异，后来见北斋的画谱，才知道是他的手笔，可是石印本上并无署名，所以同时无从知道是谁所画。照这样情形，一个普通的读书人，假如他家里不是旧有收藏，他对于本国画的知识也就难得及格，自然更不必说外国了。其实就是在日本，以知道外国画家作为文化人的一资格，恐怕也起于现代，或者是大正以来三十年间的事亦未可知，因为据我所知道，这种风气似是自《白桦》发起，而对于此点的注重似乎也是武者小路君为主，至于别人大抵只是人云亦云而已吧。

在日本留过学的人，有机会与日本画接近，问他们知道几个日本画家的名字么，这是可以的。不过知道虽然会知道，而懂得与否却是别一问题。我自己大约就是这样的一个，正和我不懂得诗而仍想买诗集诗话闲看一样，我并不懂得画，但也喜欢收集一点画集之类，随便翻看。我的确很受过《白桦》的影响，不过这还是在文艺一方面居多。此外又因初见这种高尚的同人杂志，觉得很特别，创作之外还谈宗教艺术，有这许多好的插画，但是赛尚、古诃等西洋绘画于我终是有点疏远，不曾发生大关系，虽然也曾因此而买过后期印象派等等几种洋书。关于日本画我所受的影响乃是从同时在大阪由《雅俗文库》发行的浮世绘杂志《此花》而来的。其时审美书院或者已经刊行浮世绘集，但此乃是贵重的专门书，一般的书籍还不大有，杂志则恐怕未有，大概当以《此花》为嚆矢。

《此花》先后一总出了二十四期，我都得了来收藏至今，我因《此花》不但认识了日本的浮世绘，又因此认识了《雅俗文库》与其主人废姓外骨，此后“雅俗”的刊物我大抵都搜求来，这给予我许多知识，引起我许多兴趣，我则反报以三十年不渝的敬意。以前关于日本板画家只知道葛饰北斋，有他的十几册画集，两本饭岛虚心著的《北斋传》，现在就知道了好多，至今还背诵得若干名字。依据各书铺翻刻的种种板画集，看了至今还记得而且爱好的，最早的是菱川师宣，其后有铃木春信，喜多川歌麻吕，歌川丰国，葛饰北斋，他们的特长固是仕女画，但是歌麻吕的《画本虫撰》、北斋的《隅田川两岸一览》《富岳三十六景》《富岳百景》、安藤广重（加了姓反而觉得有点面生了）的《东海道五十三次》等，却更有意思。最近去世的小村雪岱，他给《笠森阿仙》作的插画，载在邦枝完二的小说里，我也很喜欢，近日得其画集，其中不少可喜之作。我是不懂画的，但于日本浮世绘感到兴趣者，其理由只是如此：一，对于线画，着色画，木板画，有儿童时代爱好之情。二，这些画家自称大和绘师，离开了正统的画派，自成一家的风格。三，所画的是市井风俗，可以看作江户生活一部分的画本。在那时候我也用力读“川柳”，这个理由很有关系，但第二理由也颇重要，在浮世绘之外我亦因此爱好别的画家，例如鸟羽僧正、池大雅堂、耳鸟斋、尾形光琳以及光悦、宗达这一流人，近时则如小川芋钱子，是也。我又爱民间艺术之大津绘，以及各类民艺品，大抵我所能知道的不是美术史上的大宗支派，所以前读武者小路君的《东西六大画家》，如《雪舟》等篇虽有兴味，仍[①]未能促进我的了解，柳宗悦君亦是白桦派之一人，著有《初期大津绘》，近又致力于民艺运动，则鄙人或觉得更是气分相近也。

永井荷风在大正初年写过一篇《浮世绘之鉴赏》，登在杂志上，后来收入《江户艺术论》中，揭载卷头。这篇文章我很喜欢，其第五节说得尤好，我曾经引用过好几次，今又抄录于后，其文曰：

我反省自己是什么呢，我非威耳哈伦似的比利时人而是日本人也，生来就和他们的运命及境遇迥异的东洋人也。恋爱的至情不必说，凡对于异性之性欲的感觉悉视为最大的罪恶，我辈即奉戴着此法制者也。承受胜不过啼哭的小孩子和地主的教训的人类也，知道说话则唇寒的国民也。使威耳哈伦感奋的那滴着鲜血的肥羊肉与芳醇的

【锺校】

① 原无“仍”字，今增。

> 蒲桃酒与强壮的妇女的绘画，都于我有什么用呢。呜呼，我爱浮世绘，苦海十年为亲卖身的游女的绘姿使我泣，凭倚竹窗茫然看着流水的艺妓的姿态使我喜，卖宵夜面的纸灯寂寞地停留着的河边的夜景使我醉。雨夜啼月的杜鹃，阵雨中散落的秋叶，落花飘风的钟声，途中日暮的山路的雪，凡是无常无告无望的，使人无端嗟叹此世只是一梦的，这样的一切东西，于我都是可亲，于我都是可怀。

异国文人的感想，未必能够字字与我们的意思一致，但是这里可以说差不多十九同意，特别是提明我们是生来就和他们白人命运及境遇迥异的东洋人。这个东洋人或亚洲人的自觉，即使与现时局离开了说，在知识人士也是必要，不但去搜取世界新文化知识须以此[①]作准衡，就是研究本国的艺文思想，亦不可无此反省，固不欲以此自划，只是有如悬镜于侧，时时引照，勿自忘形而已。我对于[②]艺术是外行，爱浮世绘的原因与所得自然也都是在美术埒外的，他人宽恕或以为不足怪，在我自己则是很满足的了。

【锺校】

①“以此”原作“此以”。

②“于”原作“及”。

个人意见以为，知道外国的若干画家，可以作为个人教养的一点资料，若在该外国的整个了解上大概没有什么用处。有人问起的时候，勉强回答二十来个画家的姓名，或者于必要时从尘封的书架上取出几十册画集来做证明，这也不难，可是有什么用呢。一个人可以记得好些诗人文士画家陶工镜师的名字，但是对于其国民性仍是一无所知，如鄙人在数年前所曾自白，即是很好的一个例子也。

关于祭神迎会

柳田国男氏所著《日本之祭》（译名未妥）是这一方面很有权威的书，久想一读，可是得来了很久，已有三个多月，才得有功夫通读一过，自己觉得是可喜的事①。但是我虽然极看重日本民族的宗教性，极想在民间的祭祀上领会一点意义，而对于此道自己知道是整个的门槛外人，所以这回也不是例外，除了知悉好些事情之外，关于“祭”的奥义实在未能了解多少。我只简单地感到几点与中国特别殊异，觉得颇有意思。其一，日本祭神须立一高竿，以为神所凭依降临之具，这在中国是没有的，据说满洲祀神典礼有神竿，或者有点相像。日本佛教一样的尊崇图像，而神道则无像设，神社中所有神体大抵是一镜或木石及其他。非奉祀神官不得见知。中国宗教不论神佛皆有

【锺校】

①“事”原作“会”。

像，其状如人，有希腊之风，与不拜偶像之犹太教系异，亦无神体之观念，所拜有木石之神，唯其像则仍是人形也。其二，“祭”字在日本据云原意是“奉侍”，故其事不止供奉食品，尤重在陪食分享，在中国似亦无此意义。盖日本宗教，求与神接近，以至灵气凭降，神人交融，而中国则务敬鬼神而远之，至少亦敬而不亲，以世间事为譬，神在日本于人犹祖祢，在中国则官长也。日本俗称死者曰佛，又人死后若干年则祀为神，中国死人乃成罪犯，有解差押送，土地城隍等于州县，岳庙为臬司或刑部，死后生活黯淡极矣。二者历史不同，国体尤不同，其殊异随处可见，于此亦极显然也。日本神社祭赛，在都市间亦只祭祀，演神乐，社内商贩毕集，如北①京之庙会，乡间则更有神舆出巡，其势甚汹涌，最为特别。在本国内，亦稍见闻民间的迎神赛会，粗野者常有之，不甚骇异，惟见日本迎神舆者辄不禁悚惧，有与异文化直接之感。鄙人固素抱有宗教之恐怖，唯超理性的宗教情绪在日本特为旺盛，与中国殊异，此亦正是事实，即为鄙见所根据者也。

中国民间对于鬼神的迷信，或者比日本要更多，

【锺校】

①“北”原作“化”。

且更离奇，但是其意义大都是世间的，这如结果终出于利害打算，则其所根据仍是理性，其与人事相异只在于对象不同耳。大抵民众安于现世，无成神作佛的大愿，即顷刻间神灵附体，得神秘的经验，亦无此希求，宗教行事的目的非为求福则是免祸而已。神学神话常言昔时神人同居，后以事故天地隔绝，交通遂断，言语亦不能相通，唯有一二得神宠幸者，如巫觋若狂人，尚能降神或与相接，传达神意于人间耳。在中国正是道地如此，其神人隔绝殆已完遂，平时祭赛盖等于人世应酬，礼不可缺，非有病苦危急不致祈请，所用又多是间接方法，如圣筊[①]签经，至直接的烦巫师跳神，在北方固常有之，则是出于萨门教，或是满洲朝鲜西北利亚的流派，亦未可知。据个人的见闻经验，就故乡绍兴地方祭神迎会的情形，稍为记述，用作实例，可以见民间敬神习俗之一斑，持与日本相较，其间异同之迹，盖显然可见矣。

外国祭神大抵都在神社，中国则有在庙里的，也有在家里的，如灶神不必说了，岁末[②]的祝福元旦的祀南朝圣众，祭火神用绿蜡烛，祭疫神用豆腐一作，

【锺校】

①“筊”原作“茭”。

②“岁末”原作“末岁”。

称豆腐菩萨，皆是。外国敬神用礼拜赞颂，以至香花灯烛，中国则必有酒肉作供品。平常祭神用方桌，木纹必须横列，谚曰，横神直祖，香烛之外设三茶六酒，豆腐与盐各一碟，三牲为鸡鹅均整个，猪肉一方，乡人或用猪头，熟而荐之，上插竹筷数双，又鸡血一碗，亦蒸熟者。主人从桌后再拜，焚金银纸元宝，燃双响爆竹十枚送神如仪。这好像是在家里请客，若往庙去祭，有如携樽就教，设备未免要简单一点了，大抵是茶酒盐腐从略，三牲合装在大木盘里，鸡血与脏物仍旧，反正这也可以放在盘内的。绍兴神庙祭祀最盛者，当推东岳，府县城隍，潮神张老相公，但是以我的经验比较地记忆最深的乃是别的两处，一是大桶盘湖边的九天玄女，一是南镇的会稽山神。老百姓到这两处祭祀的理由为何，我不知道[①]，大约也还是求福罢。总之据我所亲见，那里致祭的人确实不少。这事情大约已在三四十年以前，但印象还很深刻明了，站在南镇内殿的廊下，看见殿内黑压压的一屋的人，真是无容膝之地，只要有这一点隙地，人就俯伏膜拜，红烛一封封的递上去，庙祝来不及点，至多也只焦一焦头而已。院子里人山人海，但见

【锺校】

①“道”原作“者”。

有满装鸡与肉的红白大木盘高举在顶上，在人丛中移动，或进或出，络绎不绝。大小爆竹夹杂燃放，如霹雳齐发，震耳成聋，人声嘈杂，反不得闻。虽然没有像《陶庵梦忆》记陶堰司徒庙上元设供，水物陆物，非时非地，那么奢华，却也够得上说丰富，假如那种赠送移在活人官绅家，也够说是苞苴公行，骇人听闻了。这虽是一句玩笑话，即此可见人民对于神明供奉还是全用世间法，这在外国宗教上不多见，或者与古希腊多神教相比，差相似耳。

诸神照例定期出巡，大约以夏秋间为多，名曰“迎会”，出巡者普通是东岳、城隍、张老相公，但有时也有佛教方面的，如观音菩萨。据《梦忆》卷四记枫桥杨神庙九月迎台阁，似在明季十分的热闹，但我所见是三百年后的事情，已经很简单了，特别是在城里。迎会之日，先挨家分神马，午后各铺户于门口设香烛以俟。会伙最先为开道的锣与头牌，次为高照即大纛，高可二三丈，用绸缎刺绣，中贯大猫竹，一人持之行，四周有多人拉纤或执叉随护，重量当有百馀斤，而持者自若，时或游戏，放着肩际以至鼻上，称为“嬉高照”。有黄伞制亦极华丽，不必尽是黄色，但世俗如此称呼，此与高照同，无定数，以多为贵。次有音乐队，名曰“大敲棚”，木棚雕镂如床，上有顶，四周有帘幔，棚内四角有人舁[①]以行，乐人在内亦且走且奏乐，乐器均缚置棚中也。昔时有马上十番，则未之见。有高跷，略与他处相同，所扮有滚凳、活捉张三，皆可笑，又有送夜头一场，一人持砻[②]筛，上列烛台酒饭碗，无常鬼随之。无常鬼有二人，一即活无常，白衣高冠草鞋，持破芭蕉扇，一即死有分，如《玉历钞传》所记，民间则称之曰“死无常”，读如国音之“喜无上”。活无常这里乃有家属，其一曰“活无常嫂嫂”，白衣敷脂粉，为一年轻女人，其二曰“阿领”，云是拖油瓶也，即再醮妇前夫之子，而其衣服容貌乃与活无常一律，但年岁小耳。此一行即不在街心演作追逐，只迤逦走过，亦令观者不禁失笑，老百姓之诙谐亦正于此可见。台阁饰小儿女扮戏曲故事，或坐或立，抬之而行，又有骑马上者，儿时仿佛听说叫“塘报”，却已记忆不真。《梦忆》记《杨神庙台阁》一则中有云：

> 十年前迎台阁，台阁而已，自骆氏兄弟主之，扮马上故事二三十骑，扮传奇一本，年年换，三日亦三换之。其人与传奇中人必酷肖方

【锺校】

①“舁”原作“升”。

②“砻”原作“笼”。

用，全在未扮时，一指点为某似某，非人人绝倒者不之用。

似骑者亦即是台阁，又其时皆以成人扮演，后来则只用少年男女，大抵多是吏胥及商家，各以衣服装饰相炫耀，世家旧族不肯为也。若出巡者为东岳或城隍，乃有扮犯人者，范寅《越谚》云：

《梦粱录》，答赛带枷锁，是也，越赛张大明王最久而盛。

则似张老相公出巡时亦有之，不知何意，岂民间以为凡神均管理犯罪事耶。随后是提炉队，多人着吏服提香炉、焚檀香，神像即继至，坐显轿，从者擎遮阳掌扇，两旁有人随行，以大鹅毛扇为神招风。神像过时，妇孺皆膜拜，老妪或念诵祈祷，馀人但平视而已。其后有人复收神马去，殆将聚而焚送，至此而迎会之事毕矣。

以上所述是城里的事，若在水乡情形稍有不同，盖多汊港又路狭，神轿不能行走，会伙遂亦不能不有所改变，台阁等等多废置，唯着重于划龙船一事。《越谚》云：

划龙船，始于吴王夫差与西施为水戏，继吊屈原为竞渡，隋炀帝画而不雕，与此异。《元典

> 章》云，划[①]棹龙船，江淮闽广江西皆有此戏，合移各路禁治。然皆上巳端午而已，越则赛会辄划，暮春下浣，陡亹安昌东浦各市，四月初六青靛[②]湖，六月初七章家衖桥，十四五六等日吴融小库皇甫庄等村，年共三十馀会，不胜书。船头则昂竖龙首项，尾撅在舵上，金鳞彩旗锣鼓，扮故事。

这是记绍兴划龙船的很好的资料。鄙人不曾到过龙船上，只是小时候远远地看，所以不能比范君讲得更详细，实在大家对于龙船的兴味也就如此而已，我们所觉得更为有趣的乃别有在，这便是所谓“泥鳅龙船”是也。此船长可二丈，宽约二尺许，船首作龙头，末一人把舵，十馀人执楫划船，船行如驶，“泥鳅”云者，谓其形细长而行速也。行至河中水深处，辄故意倾侧，船立颠覆，划者在船下泅泳，推船前进，久之始复翻船戽水，登而划船如故。龙舟庄重华丽，泥鳅龙船剽悍洒脱，有丑角之风，更能得观众之欢喜，村中少年皆善游水，亦得于此大显其身手焉。神像坐一大船中，外有彩棚，大率用摇橹者四五人，船首二人

【锺校】

①“划”原作“桦”。

②“靛”原作“田”。

执竹篙矗立。每巡行至一村，村中临河搭台演戏以娱神，神船向台蓦进，距河岸约一二尺，咄嗟间二篙齐下，巨舟即稳定，不动分寸，此殆非有数百斤力者不办，语云，南人使船如马，正可以此为例，执篙者得心应手，想亦必感到一乐也。未几神船复徐徐离岸，向别村而去。鄙人所见已是三十馀年前事，近来如何所不能知，唯根据自己的见闻，在昔时有如此情形，则固十分的确，即今亦可保证其并无诳语在中者也。

看上文所记祭神迎会的习俗，可以明了中国民众对神明的态度，这或可以说礼有馀而情不足的。本来礼是一种节制，要使得其间有些间隔有点距离，以免任情恣意而动作，原是儒家的精意。所谓敬鬼神而远之，亦即是以礼相待，这里便自不会亲密，非是故意疏远，有如郑重设宴，揖让而饮，自不能如酒徒轰笑，勾肩捋鼻，以示狎习也。中国人民之于鬼神正以官长相待，供张迎送，尽其恭敬，终各别去，洒然无复关系，故祭祀迎赛之事亦只是一种礼节①，与别国的宗教仪式盖迥不相同。故柳田国男氏在《祭礼与世间》第七节中所记云：

我幸而本来是个村童，有过在祭日等待神舆

【锺校】

①“节”原作“物”。

> 过来那种旧时感情的经验。有时候便听人说，今年不知怎的御神舆是特别的发野呀。这时候便会有这种情形，仪仗早已到了十字路口了，可是神舆老是不见，等到看见了也并不一直就来，总是左倾右侧，抬着的壮丁的光腿忽而变成“Y”字，忽而变成“X”字，又忽而变成“W”字，还有所谓举起的，常常尽两手的高度将神舆高高的举上去。

这类事情在中国神像出巡的时候是绝没有的。日本国民富于宗教心，祭礼正是宗教仪式，而中国人是人间主义者，以为神亦是为人生而存在者，此二者之间正有不易渡越的壕堑。了解别国固是大难，而自己的事须要先弄清楚的亦复不少，兵荒马乱中虽似非急务，但如得有人注意，少少加以究明，亦为有益，未始不可为相互之福也。

（民国癸未七月三十日）

岛崎藤村先生

今天午前看报，忽见中华社东京二十二日电云，岛崎藤村氏于本日午前零时三十分在大矶逝世①，享年七十二岁。突然看见，也还不怎么惊骇，却是很迫切的觉到一种寂寞之感。《月明文库》里的一小册《雪天的纸窗》正放在手边，拿起来翻着，心想能写这样文章的人于今已没有了，很是可惜又仿佛感觉自己这边阵地少了一个人，这寂寞便又渐近于心怯了。

我们最初听见藤村先生的名字，还是在东京留学的时代，这大约是明治四十年丁未，长篇小说《春》开始在东京《朝日新闻》上登载，其时作者年纪还只是三十六岁，想起来也正是三十六年前的事了。但是与藤村先生相见，却一直在后。第一次是民国二十三年甲戌秋间，利用暑假，同内人到东京去住了两个

【锺校】

①“世”原作“也”。

月，徐耀辰先生也在那里，承东大的中国文学会发起，在山水楼饭庄招待我们，其时来客中间有一位是藤村先生。这是八月四日的事，徐先生因为翻译《新生》，曾屡次通信，便去拜访一次。

后来藤村先生差人来约小饮，邀我同去，于二十日晚在麻布区六本木的大和田，这是第二次的见面。那天在坐的，除徐先生和我外，还有和辻哲郎、有岛生马二氏，连主人共计五人。藤村先生带来一本《岩波文库》中的冈仓觉三著《茶之书》送给我，题曰："赠周作人君，岛崎生。"还客气说，是一本旧的，很对不住。其实我倒是比新的更觉得喜欢。饭后，主人要了来几把折扇，叫大家挥毫做个纪念，详细记不得了，只就我所分得的一把来说，中间有岛氏用水墨写了一片西瓜，署款"十月生"，即是"有"字的字谜。右边藤村先生写短歌一首云：

なつのよは、
しのの小竹の
ふししげみ、
そよやほとなく、
あくろなりけり。

署款"藤"字。案：此系西行法师所作，见《山家集》中，标题曰《题不知》，大意云：

夏天的夜，有如苦竹，竹细节密，不久之间，随即天明。

在《短夜的时节》文中也引有此歌，大约是作者所很喜欢的一首，只是不可译，现在只好这样且搪塞一下。徐先生写了两句唐诗云："何时一尊酒，重与细论文"。和辻氏与我只简单的署名，各写两个字而已。

第三次见面又在七年之后，即民国三十年四月，我往日本京都出席东亚文化协议会文学部会的时候，开会后我于十四日由京都到东京，住在帝国旅馆，十七日中午应日本笔会之招，至星冈茶寮，晤见好些旧相识的文人，其中最年长者便是藤村先生。这回又承以大著《夜明前》二册见赠，卷首题字曰："呈周作人君，昭和十六年四月，于东京麹町，岛崎生。"附有信笺一纸云：

此拙著稍经执持，已略旧，唯系留置家中之初版本①，因不复顾及失礼，持以奉赠，如承收纳作为纪念，幸甚。四月十七日。

《藤村文库》定本《夜明前》，我早已有了一部，但是重版后印，今得到作者持赠的初版本，回来以后便把原来的一部送给了别人了。总计我见到藤村先生，

【锺校】

①"本"原作"木"。

最初是在甲戌，那时他六十三岁，最后是辛巳，那时七十岁了，因此我所有的印象仿佛是一个老哲人，《夜明前》第一册在昭和十年乙亥出版，上边的照相觉得最与我的印象相合。藤村先生是东亚文学界的大前辈，文章与智慧远出我们之上，见面时只是致敬，并未多谈，但我们直感得这是和我们同在一条线上的，所以平时很感到亲近，因此对于逝世的消息也就会觉得有一种近于恐慌之感了。

藤村先生在文学上的绩业，自有日本文学史家会加以论定，我不能说什么，这里只是略述自己的印象以及感叹之意而已。藤村先生的诗与小说以前也曾读过好些，但是近年爱看杂文，所记得的还是以感想集为多，在这里我[①]也最觉得能看出老哲人的面影，是很愉快的事。《雪天的纸窗》中还有几篇随笔，反复的读了很是喜欢，再去查原书，在昭和五年庚午出版的《在市井间》一册里找到了几篇，如《小诸的回忆》《短夜的时节》《养生》，几回想起要翻译，却终于不曾下笔，因为觉得这事情太难，生怕译不好反把原文弄坏了。创作中富有思想的分子，而这又有空间的与时间的博大性的，这是我所尊重的作品，藤村先

【锺校】

①“我”原作“这”。

生的感想随笔，就是小篇也多有此特质。而今已没有这样的人了，在这里正可谓之东亚的一损失，没有方法可以弥补的。

(中华民国三十二年八月二十三日)

怀废名

余识废名在民十以前，于今将二十年，其间可记事颇多，但细思之又空空洞洞一片，无从下笔处。废名之貌奇古，其额如螳螂，声音苍哑，初见者每不知其云何。所写文章甚妙，但此是隐居西山前后事，《莫须有先生传》与《桥》皆是，只是不易读耳。废名曾寄住余家，常往来如亲属。次女若子亡十年矣，今日循俗例小作法事，废名如在北平，亦必来赴。感念今昔，弥增怅触。余未能如废名之悟道，写此小文，他日如能觅路寄予一读，恐或未必印可也。

以上是民国廿七年十一月末所写，题曰《怀废名》，但是留得底稿在，终于未曾抄了寄去。于今又已过了五年了，想起要写一篇同名的文章，极自然的便把旧文抄上，预备拿来做个引子。可是重读了一遍之后，觉得可说的话大都也就有了，不过或者稍为简略一点，现在所能做的只是加以补充，也可以说是作笺注罢了。

关于认识废名的年代，当然是在他进了北京大学之后，推算起来应当是民国十一年考进预科，两年后升入本科，中间休学一年，至民国十八年才毕业。但是在他来北京之前，我早已接到他的几封信，其时当然只是简单的叫冯文炳，在武昌当小学教师，现在原信存在故纸堆中，日记查找也很费事，所以时日难以确知，不过推想起来这大概总是在民九民十之交吧，距今已是二十年以上了。废名眉棱骨奇高，是最特别处。在《莫须有先生传》第四章中房东太太说，莫须有先生，你的脖子上怎么那么多的伤痕？这是他自己讲到的一点，此盖由于瘰疬，其声音之低哑或者也是这个缘故吧。

废名最初写小说，登在胡适之的《努力》周报上，后来结集为《竹林的故事》，为《新潮社文艺》丛书之一。这《竹林的故事》现在没有了，无从查考年月，但我的序文抄存在《谈龙集》里，其时为民国十四年九月，中间说及一年多前答应他做序，所以至迟这也就是民国十二年的事吧。废名在北京大学进的是英文学系，民国十六年张大元帅入京，改办京师大学校，废名失学一年馀，及北大恢复乃复入学。废名当初不知是住公寓还是寄宿舍，总之在那失学的时代也就失所寄托，有一天写信来说，近日几乎没得吃了。恰好章矛尘夫妇已经避难南下，两间小屋正空着，便招废名来住，后来在西门外一个私立中学走教国文，大约有半年之久，移住西山正黄旗村里，至北大开学再回城内。这一期间的经验于他的写作很有影响，村居，读莎士比亚，我所推荐的《吉诃德先生》，李义山诗，这都是构成《莫须有先生传》的分子。从西山下来的时候，也还寄住在我们家里，以后不知是哪一年，他从故乡把妻女接了出来，在地安门里租房居住，其时在北京大学国文学系做讲师，生活很是安定了。到了民国二十五六年，不知怎的忽然又将夫人和子女打发回去，自己一个人住在雍和宫的喇嘛庙里。当然大家觉得他大可不必，及至芦沟桥事件发生，又很羡慕他，虽然他未必真有先知。废名于那年的冬天南归，因为故乡是拉锯之地，不能在大南门的老屋里安住，但在附近一带托迹，所以时常还可彼此通信。后来渐渐消息不通，但是我总相信他仍是在哪一个小村庄里隐居，教小学生念书，只是多“静坐深思”，未必再写小说了吧。

翻阅旧日稿本，上边抄存两封给废名的信，这可以算是极偶然的事，现在却正好利用，重录于下。其一云：

石民君有信寄在寒斋，转寄或恐失落，信封又颇大，故拟暂留存，俟见面时交奉。星期日林公未来，想已南下矣。旧日友人各自上飘游之途，回想《明珠》时代，深有今昔之感。自知如能将此种怅惘除去，可以近道，但一面也不无珍惜之意，觉得有此怅惘，故对于人间世未能恝置，此虽亦是一种苦，目下却尚不忍即舍去也。匆匆。九月十五日。

时为民国二十六年，其时废名盖尚在雍和宫。这里提及《明珠》，顺便想说明一下。废名的文艺的活动大抵可以分几个段落来说：甲是《努力》周报时代，其成绩可以《竹林的故事》为代表；乙是《语丝》时代，以《桥》为代表；丙是《骆驼草》时代，以《莫须有先生》为代表，以上都是小说；丁是《人间世》时代，以《读论语》这一类文章为主；戊是《明珠》时代，所作都是短文。那时是民国二十五年冬天，大家深感到新的启蒙运动之必要，想再来办一个小刊物，恰巧《世界日报》的副刊《明珠》要改编，便接受了来，由林庚编辑，平伯、废名和我帮助写稿，虽然不知道读者觉得如何，在写的人则以为是颇有意义的事。但是报馆感觉得不大经济，于二十六年元旦又断行改组，所以林庚主编的《明珠》只办了三个月，共出了九十二号，其中废名写了很不少，十月九篇，十一二月各五篇，里边颇有些好文章好意思。例如十月份的《三竿两竿》《陶渊明爱树》《陈亢》，十一月份的《中国文章》《孔门之文》，我都觉得很好。《三竿两竿》起首云：“中国文章，以六朝人文章为最不可及。”《中国文章》也劈头就说道：“中国文章里简直没有厌世派的文章，这是很可惜的事。”后边又说：“我尝想，中国后来如果不是受了一点佛教影响，文艺里的空气恐怕更陈腐，文章里恐怕更要损失好些好看的字面。”这些话虽然说的太简单，但意思极正确，是经过好多经验思索而得的，里边有其颠扑不破的地方。废名在北大读莎士比亚，读哈代，转过来读本国的杜甫，李商隐，《诗经》，《论语》，《老子》，《庄子》，渐及佛经，在这一时期我觉得他的思想最是圆满，只可惜不曾更多所述著，这以后似乎更转入神秘不可解的一路去了。

我的第二封信已在废名走后的次年，时为民国二十七年三月，其文云：

偶写小文，录出呈览。此可题曰《读〈大学〉〈中庸〉》，题目甚正经，宜为世所喜，惜内容稍差，盖太老实而平凡耳。唯亦正以此故，可以抄给朋友们一看，虽是在家人亦不打诳语，此鄙人所得之一点滴的道也。日前寄一二信，想已达耶，匆匆不多赘。三月六日晨，知堂白。

所云前寄一二信悉未存底，唯《读〈大学〉〈中庸〉》一文系三月五日所写，则抄在此信稿的前面，今亦抄录于后[①]：

近日想看《礼记》，因取郝兰皋笺本读之，取其简洁明了也。读《大学》《中庸》各一过，乃不觉惊异。文句甚顺口，而意义皆如初会面，一也。意义还是很难懂，懂得的地方也只是这些格言，二也。《中庸》简直多是玄学，不佞盖犹未能全了物理，何况物理后学乎。《大学》稍可解，却亦无甚用处，平常人看看想要得点受用，不如《论语》多多矣。不知道世间何以如彼珍重，殊可惊诧，此其三也。从前书房里念书，真亏得小孩们记得住这些。不佞读“下中[②]”时是十二岁了，愚钝可想，却也背诵过来，反覆思之，所以能成诵者，岂不正以其不可解故耶。

此文也就只是《明珠》式的一种感想小篇，别无深

【锺校】

①《读〈大学〉〈中庸〉》又收入《书房一角》，文字微有不同。

②“下中”原作“中下”。

义，寄去后也不记得废名覆信云何，只在笔记一页之末录有三月十四日黄梅发信中数语云：

> 学生在乡下常无书可读，写字乃借改男的笔砚，乃近来常觉得自己有学问，斯则奇也。

寥寥的几句话，却很可看出他特殊的谦逊与自信。废名常同我们谈莎士比亚、庾信、杜甫、李义山，《桥》下篇第十八章中有云：

> 今天的花实在很灿烂，——李义山咏牡丹诗有两句我很喜欢，“我是梦中传彩笔，欲书花叶寄朝云”。你想，红花绿叶，其实在夜里都布置好了，——朝云一刹那见。

此可为一例。

随后他又谈《论语》《庄子》以及佛经，特别是佩服《涅槃经》，不过讲到这里，我是不懂玄学的，所以就觉得不大能懂，不能有所评述了。废名南归后曾寄示所写小文一二篇，均颇有佳处，可惜一时找不出。也有很长的信讲到所谓道，我觉得不能赘一辞，所以回信中只说些别的事情，关于道字了不提及。废名见了大为失望，于致平伯信中微露其意，但即是平伯亦未敢率尔与之论道也。

关于废名的这一方面的逸事，可以略记一二。废名平常颇佩服其同乡熊十力翁，常与谈论儒道异同等事，等到他着手读佛书以后，却与专门学佛的熊翁意见不合，而且多有不满之意。有余君与熊翁同住在二道桥，曾告诉我说，一日废名与熊翁论僧肇，大声争论，忽而静止，则二人已扭打在一处[①]，旋见废名气哄哄的走出，但至次日，乃见废名又来，与熊翁在讨论别的问题矣。余君云系亲见，故当无错误。废名自云喜静坐深思，不知何时乃忽得特殊的经验，趺坐少顷，便两手自动，作种种姿态，有如体操，不能自已，仿佛自成一套，演毕乃复能活动。鄙人少信，颇疑是一种自己催眠，而废名则不以为然。其中学同窗有为僧者，甚加赞叹，以为道行之果，自己坐禅修道若干年，尚未能至，而废名偶尔得之，可为幸矣。废名虽不深信，然似亦不尽以为妄。假如是这样，那么这道便是于佛教之上又加了老庄以外的道教分子，于不佞更是不可解。照我个人的意见说来，废名谈中国文章与思想确有其好处，若舍而谈道，殊为可惜。废名曾撰联语见赠云，微言欣其知之为诲，道心恻于人不胜天。今日找出来抄录于此，废名所赞[②]虽是过量，

【锺校】

①“大声争论，忽而静止，则二人已扭打在一处”，原作“大声争论，二则忽而静止，人已扭打在一处”。

②“赞”原作“替”。

但他实在是知道我的意思之一人，现在想起来，不但有今昔之感，亦觉得至可怀念也。

（三十二年三月十五日，记于北京）

读《初潭集》

久欲得《初潭集》，畏其价贵不敢出手，去冬书贾携一册来，少敝旧而价不出廿元，颇想留之。会玄同来谈，又有生客倏至，乃属玄同且坐苦雨斋北室，即前此听虾蟆跳处，今已铺席矣，可随意偃卧，亦良便利也。比客去，玄同手《初潭集》出曰，此书大佳，如不要勿即退还。——盖自欲得之也。未几全书送来，议打一折扣而购得之，尚未及示玄同，而玄同已殁矣。今日重翻此集，不禁想起往事，感慨系之，于今能与不佞赏识卓吾老子者尚有几人乎。廿八年二月四日夜，知堂记于北平。

此是不佞题所藏《初潭集》的话，于今转眼将一年矣。今日取出书来看，不胜感慨。玄同遇虾蟆事在民国十三年，查旧日记七月廿五日条下云：

阴，上午十一时玄同来谈，至晚十时去。

又八月二日条下云：

下午雨。玄同来访，阻雨，晚留宿客房。次晨见面时玄同云，夜间室内似有人步声，何耶？我深信必无此事，以为当是幻觉，及客去收拾房间，乃见有大虾蟆一只在床下，盖前此大雨时混入者也。尹默闻之笑曰，玄同大眼，故虾蟆来与晤对耳，遂翻敬亭山诗咏之曰，相看两不厌，虾蟆与玄同。昔日友朋戏笑之言，流传人间，衍为世说，或有传讹，实则只是如此耳。因题记语加以说明，念古人车过腹痛之感，盖有同情也。

玄同和我所谈的范围极广，除政治外几于无不在可谈之列，虽然他所专攻的音韵学我不能懂，敬而远之，称之曰“未来派”。关于思想的议论大抵多是一致，所不同者只是玄同更信任理想，所以也更是乐观的而已。但是我说中国思想界有三贤，即是汉王充、明李贽、清俞正燮，这个意见玄同甚是赞同。我们生于衰世，犹[1]喜尚友古人，往往乱谈王仲任、李卓吾、俞理初如何如何，好像都是我们的友朋，想起来未免可笑，其实以思想倾向论，不无多少因缘，自然不妨托熟一点。三贤中唯李卓吾以思想得祸，其人似乎很

【锺校】

①“犹”原作“欲”。

激烈，实在却不尽然，据我看去他的思想倒是颇和平公正的，只是世间历来的意见太歪曲了，所以反而显得奇异，这就成为毁与祸的原因。思想的和平公正有什么凭据呢？这只是有常识罢了，说得更明白一点便是人情物理。懂得人情物理的人说出话来，无论表面上是什么陈旧或新奇，其内容是一样的实在，有如真金不怕火烧，颠扑不破，因为公正所以也就是和平。《礼运》云，饮食男女，人之大欲存焉。这是一句有常识的名言，多么诚实，平常，却又是多么大胆呀。假如这是某甲说的，说不定也会得祸，幸而出于《礼记》，读书人没有办法，故得幸免，不为顾亭林辈所痛骂耳。

我曾说看文人的思想不难，只须看他文中对妇女如何说法即可明了。《越缦堂日记补》辛集上咸丰十一年六月二十日条下记阅俞理初的《癸巳类稿》事，有云：

> 俞君颇好为妇人出脱。其《节妇说》言，《礼》云一与之齐终身不改，男子亦不当再娶。《贞女说》言，后世女子不肯再受聘者谓之贞女，乃贤者未思之过。《妒非女人恶德论》言，夫买妾而妻不妒，是恝也，恝则家道坏矣。语皆偏谲，似谢夫人所谓出于周姥者，一笑。

李君是旧文人，其非薄本不足怪，但能看出此一特点，亦可谓颇有眼力矣。李卓吾[①]的思想好处颇不少，其最明了的亦可在这里看出来。《焚书》卷二《答以女人学道为见短书》中云：

> 谓人有男女则可，谓见有男女可乎？谓见有长短则可，谓男子之见尽长，女人之见尽短，又岂可乎？

《初潭集》卷三列记李夫人、阮嗣宗邻家女、阮仲容姑家鲜卑婢诸事后，加案语云：

> 李温陵曰，甚矣声色之迷人也，破国亡家，丧身失志，伤风败类，无不由此，可不慎欤。然汉武以雄才而拓地万馀里，魏武以英雄而割据有中原，又何尝不自声色中来也，嗣宗仲容流声后世，固以此耳。岂其所破败者自有所在，或在彼而未必在此欤。吾以是观之，若使夏不妹喜，吴不西[②]施，亦必立而败亡也。周之共主，寄食东西，与贫乞何殊，一饭不能自给，又何声色之娱乎。固知成身之理，其道甚大，建业之山，英雄

【锺校】

①“吾”原作“君”。

②“西”原作“要”。

为本，彼琐琐者非恃[1]才妄作，果于诛戮，则不才无断，威福在下也。此兴亡之所在也，不可不慎也。

此所言大有见识，非寻常翻案文章可比。又卷四“苦海诸媪”项下记蔡文姬、王昭君事，评云：

蔡文姬、王昭君同是上流妇人，身[2]世不幸，皆可悲也。

又记桓元子为其侄女宥庾玉台一门，曹孟德为文姬宥董祀，评云：

婿故自急，二氏一律，桓公亲亲，曹公贤贤，呜呼，曹公于是为不可及矣。

书眉上有无名氏墨书曰：

上数条卓吾皆以[3]为贤，乃欲裂四维而灭天常耶。

其后别有一人书曰：

卓吾毕竟不凡。

李卓吾此种见解盖纯是常识，与《藏书》中之称赞卓文君正是一样，但世俗狂惑，闻之不免骇然，无名氏

【锺校】

① “恃”原作“持”。

② “身”原作“生”。

③ 原无“以”字，今增。

之批，犹礼科给事中张问达之疏耳，其词虽严，唯实在只是一声吆喝，却无意义者也。天下第一大危险事乃是不肯说诳话，许多思想文字之狱皆从此出。本来附和俗论一声亦非大难事，而狷介者每不屑为，致蹈虎尾之危，可深慨也。二月中题《扪烛脞存》中曾云：

> 卓吾老子有何奇，也只是这一点常识，又加以洁癖，乃更至于以此杀身矣。

但只有常识，虽然白眼看天下读书人，如不多说话，也可括囊无咎，此上又有洁癖，则如饭中有蝇子，必哇出之为快，斯为祸大矣。

《初潭集》三十卷，万历十六年卓吾初落发龙潭即纂此，故曰"初潭"，时年六十二岁。书分五部，曰夫妇、父子、兄弟、师友、君臣，又各分细目，抄集故事，有如《世说》，间附以评论。中国读书人喜评史，往往深文周纳，不近人情，又或论文，则咬文嚼字，如吟味制艺然[①]。

卓吾评乃随意插嘴，多有妙趣，又务为解放，即偶有指摘亦具情理，非漫然也。卷十一《儒教下》云：

【锺校】

①"然"原作"所"。

鲁季孙有丧，孔子往吊之，入门而左，从客也。主人以玙璠收。孔子径庭而趋，历阶而上曰，以宝玉收，譬之犹暴骸中原也。

评曰：

太管闲事，非子言也。

又云：

齐大饥，黔敖为食于路，以待饥者。有蒙袂戢履，贸贸而来。曰，嗟，来食，曰，余唯不食嗟来之食，以至于斯也。从而谢之，不食而死。仲尼曰，其嗟也可去，其谢也可食。

评曰：

道学可厌，非夫子语。

据《檀弓》所说，这里说话的是曾子，不知何以写作仲尼，但这两节所批总之都是不错的。他知道真的儒家通达人情物理，所言说必定平易近人，不涉于琐碎迂曲也。《焚书》卷三《童心说》中说得很妙，他以为经书中有些都只是圣人的迂阔门徒、懵懂弟子记忆师说，有头无尾，得后遗前，随其所见，笔之于书。此语虽近游戏，却也颇有意思，格以儒家忠恕之义，亦自不难辨别出来，如上文所举，虽只是卓吾一家的看法，可以作为一例也。近来介绍李卓吾者有四川吴虞、日本铃木虎雄、福建朱维之、广东容肇祖，其生平行事思想约略可知矣，《焚书》亦已有两三次活字翻印，惜多错误不便读，安得有好事者取原书并续书影印，又抄录遗文为一集，公之于世，以便学者乎。

（廿九年一月廿七日）

俞理初论莠书

从前我屡次说过，在过去二千年中，我所最为佩服的中国思想家共有三人，一是汉王充，二是明李贽，三是清俞正燮。这三个人的言论行事并不怎么相像，但是我佩服他们的理由却是一个，此即是王仲任的疾虚妄的精神，这在其馀的两人也是共通的，虽然表现的方式未必一样。关于俞理初我已经写过好几次文章，现在再来提起，别无何种新的意见，只是就他指斥莠书这一点上，想来略为谈谈罢了。

近几年来常看笔记一类的书，没有详细计算，想起来实在也已不少，其中特别以清朝的为多，可是结果非常的不满意。本来我看笔记原不是什么正经工作，所谓大抵只以代博弈，或当作纸烟，聊以遣时日而已。读一部书了，偶有一部分可喜，便已满足，有时觉得无味，亦不甚嫌憎，对于古人何必苛求，但取其足供我一时披读耳，古人云只图遮眼，我的意思亦止如此。但是有时遇见有些记录，文字未必不佳，主张也似乎很正大，可是根本上不懂得人情物理，看了时觉得遍身不快活，这时候的不满意便已超过了嫌憎，有点近于恐惧了。好比尝药辨性的老祖神农氏，把草根树皮放在口里咀嚼，烁的一下觉得怪辣，他会直觉的感到，这可不是毒？我们未敢以老祖自居，但是从经验上也会有时感觉，这说得有点蹊跷，便很有莠书的嫌疑。笼统的说莠书，似乎有语病，假如这里有点感情用事，那么就与随便评定思想不正确相似，含有很大的危险性。我根据俞理初的例，所说的莠书当然不至于如此，这里所据的标准是简单的人情物理，如在这上面有讲不过去的便有问题，视为莠书也不为过。而且说也奇怪，被归入此类的并不是世间公认的邪说异端，倒反是普通正经的话为多，这是极有意思的事。盖天下多乡愿，其言行皆正经，常人无不佩服，然若准以情理，则其不莠者鲜矣，唯有识与力者始能表而出之，其事之难与其功之大盖远过于孟子之攻异端也。《癸巳存稿》卷十五《胡先生事述》云：

正燮记先生事甚多，先生素恶乡愿，因以所记遍求所谓乡愿者下意延问，凡经指示许可之事悉去之，故所存止此，呜呼，此先生之所以贤欤。

寥寥的几句话，差不多把指斥莠书的精神表现得很好，我们也可不必多赘了。

俞理初论莠书的文章共有六篇，收在《癸巳存稿》卷十四内，计《酷儒莠书》《愚儒》《谈玄》《夸诞》《旷达》《悖儒》等莠书是也。其中以一二两篇为最精，可为代表，今先就《酷儒莠书》引例于下，第一节云：

> 夹谷之会，盖齐以兵来，鲁以兵应之，《史记·齐鲁世家》所载是也。《穀梁》又增一事云：齐人使优施舞于鲁君之幕下，孔子曰，“笑君者罪当死”，使司马行法焉，首足异门而出。《史记·孔子世家》云：倡优侏儒为戏而前，孔子曰，“匹夫荧惑诸侯者罪当诛”，有司加法焉，首足异处，齐侯[①]惧而动。陆贾《新语》云：优施舞于鲁公之幕下，孔子曰，“君辱臣当死”，使司马行法斩焉，首足异门而出，齐人矍然而恐。《后汉·张升传》：守外黄令赵明威戮，曰，“昔孔子暂相，诛齐之侏儒，手足异门而出，故能威震强国，反其侵地”，后升以诛死。此四引孔子

【锺校】

①“侯”原作“候”。

之事，乃委巷穷儒，忮螯之心无所泄，造此莠言，上诬圣人，不可训也。优人笑惑乃其职，于礼宜却之，于法无死罪。且鲁岂当杀齐优？实其说是行不义而杀不幸，齐人怒而鲁君不返也。

末节云：

高欢与长史薛瑕言，使其子洋治乱丝，洋拔刀斩之曰，乱者必斩。夫违命不治丝，独非乱乎？其意盖仿齐君王后以椎解环，不知环破即解，乱丝斩之仍不治也。《汉书·龚遂传》云，臣闻治乱臣犹治乱丝，不可急也，缓之然后可治。高氏父子不足论，然欢在，洋之愚憨不至此，其状迂而很，乃无知酷儒之莠言，此东坡《志林》所谓杜默之豪，正京东学究饮私酒，食瘴死牛肉，醉饱后所发者也。

《愚儒莠书》第一节云：

朱弁《曲洧旧闻》云：建隆间竹木务监官患所积材植长短不齐，乞剪截俾齐整，太祖批其状曰，“汝手指能无长短乎，胡不截之使齐，长者任其自长，短者任其自短”。弁亲戚有见此状及批者，其言似可信。邵博《闻见录》则云：“破大为小，何若斩汝之头乎”。言已近妄。王巩《清虚杂著》则云：三司奏截大枋，太祖皇帝批其状曰，“截你爷头，截你娘头”，其爱物如此。周密《齐东野语》则谓手指言文弱无气象，太祖以三司请截模枋大材修寝殿，批曰，截你爷头，截你娘头，别寻将来，真大哉王言也。此何王言气象，盖以《史记》汉高谩骂而仿以为书，其愚如此。

第四节云：

王辟之《渑水燕谈录》又云，陈尧咨守荆南，宴集以弓矢为乐。母夫人曰，“汝父教汝以忠孝辅国家，今汝不务行仁化，而专一夫之技，岂汝先人志耶”，杖之，碎其金鱼。射为六艺之一，州将习射乃正业，忠孝之行也。受杖当解金鱼，杖碎金鱼，金坚且碎，人骨折矣。衰门贱妇亦不至此，尧咨母不当有此言此事。宋[①]方昕《集事诗鉴》引此为贤母，著书者含毫吮墨，摇头转目，愚鄙之状见于纸上也。

上边所引已足见其大概，对于向来传为美谈，视为故实，而与情理不合的事，不客气的加以指斥，对于初习读书的学子甚为有益，只恨所举太少，唯望读者自能举一反三[②]耳。

【锺校】

①“宋”原作“明”。

②“三”原作“之”。

同时有马时芳著《朴丽子》，语多通达，其《续朴丽子》卷下中有一则云：

传有之，孟子入室，因袒胸而欲出其妻，听母言而止。此盖周之末季或秦汉间曲儒附会之言也。曲儒以矫情苟难为道，往往将圣贤妆点成怪物。呜呼，若此类者岂可胜道哉。

这一则就可以补入《愚儒莠书》篇里去，其直揭曲儒的心理，不客气处亦与俞氏不相上下。

鄙人前读《礼记》中《檀弓》一卷，亦曾有同样的意见，觉得关于原壤的事，《论语·宪问》所记殊不高明，读《檀弓》文乃极佳，比校之下乃益明显。《檀弓》云：

孔子之故人曰原壤，其母死，夫子助之沐椁。原壤登木曰，久矣予之不托于音也。歌曰，狸首之斑然，执女手之卷然。夫子为弗闻也者而过之。从者曰，子未可以已[①]乎？夫子曰，丘闻之，亲者毋失[②]其为亲，故者毋失其为故也。

《论语》则云：

原壤夷俟。子曰，幼而不孙弟，长而无述

【锺校】

①“已”原作“己”。

②“失”原作“夫”。

焉，老而不死，是为贼。以杖叩其胫。

看所说的“老而不死”这句话，可知那时原壤已经老了。据戴望注《论语》《礼》，六十杖于乡。那么孔子也一定已是六十岁以上了罢。动手就打，圣门中只有子路或者未免，孔子不见得会如此，何况又是已在老年。我们看《檀弓》所记，孔子对待原壤并不如此，可见这以杖叩其胫的事很是靠不住，大约是主张严酷者之所为，亦正是附会之言耳。执女手之卷然下，据孔颖达《正义》云：

孔子手执斤斧，如女子之手卷卷然而柔弱，以此欢说仲尼，故注云说人辞也。

假如这里疏家没有将他先祖的事讲错，我们可以相信那时孔子的年纪并不老，因为一是用女子之手比孔子，二是孔子手执斤斧，总不会是六十岁后的事情。把两件故事比较来看，觉得孔子在以前既是那么宽和，到老后反发火[1]性，有点不合情理。本来《论语》与《檀弓》里的故事都是后人所记，真假一样的不可知，但是准情酌理来批判，就自然分出曲直来，此间自有区别俨然存在，一见可辨也。

【锺校】

①“火”原作“大”。

此类辩论仿佛有似致堂史论，无非对古人之[1]事妄下雌黄，实则不然。史论不必要的褒贬古人，徒养成不负责任的说话之陋习；此则根本物理人情，订正俗传曲说，如为人心世道计，其益当非浅鲜。若能有人多致力于此，更推广之由人事而及于物性，凡逆妇变猪以至雀入大水为蛤之类悉加以辨订，则利益亦益广大，此盖为疾虚妄精神之现代化，当不愧称之为"新论衡"也。

【锺校】

①"之"原作"己"。

《画钟进士像题记》

《金冬心杂著六种》，寒斋有巾箱小品本，种榆仙馆刻本，当归草堂刻本，最后乃得桐西书屋刻本。当归草堂本目录后有魏稼孙题记，末云：

余为当归草堂校刊此种，旋得湖州凌子与霞邗上来书云，《冬心画记》尚有吴门潘氏桐西书屋刻本，时剞劂垂成，道远不及借校，附记于此。

案：潘氏刻题画记五种时在同治壬申，比丁氏本才早六年，有王鸿朗跋，不言所据何本，略一比校，似反多鲁莽删改处，唯末附刻王笈甫先生《画钟进士像题记》一卷，却颇可喜。王笈甫即鸿朗，前有光绪丁丑潘介繁序，画钟馗题词世多有之，但只散见各人集中，今汇为一卷，一人之作而有二十二则，可谓难得矣。今年夏日乃又得一册，则上有红蓝二色批语及墨笔题识，语多可取，且亦有足资考据处，因择要摘录之。卷首《画竹题记》自序后墨笔题云：

光绪三年丁丑之夏，余客楚北，椒坡舍弟以需次在彼相见，各出行箧书互观，贻我此卷，盖[①]镌板武昌郡中者。是岁九月余归吴郡，椒坡亦往湘楚，匆匆分手。今检箧，此种乃有两本，因分一以贻棱伽先生，先生善画工诗，古趣奇趣，与昔邪居士殊不相让，且与舍弟亦素交，想必展卷一笑也。香禅居士记于二鱼盦，时光绪六年庚辰，端午后三日。

朱文印曰“香禅”，曰“瘦羊”，前一印曰“二鱼盦”。《画竹题[②]记》第一叶栏外朱文印曰“惟德堂”，曰“化生”，白文印曰“香禅居士”，又白文曰“顾芸台印”，朱文曰“鞟翁”，曰“骇老”，白文曰“顾曾寿”，曰“顾亮基印”。第一则题记首云，饥凤非竹实不饱，余画竹，竹之实岁无所收，末云，余之常饥又何怪乎。书眉蓝笔批曰：

第一条即是江湖口吻。

又朱笔批曰：

王渔洋朱竹垞批杜诗所谓乞相。黄山谷云：

【锺校】

①“盖”原作“盍”。
②“题”原作“类”。

开口辄言穷，其意欲何为，又云，客来献穷状。

张山来曰，其意但求布施耳。

卷末空白处朱笔题曰：

先生胸襟故高，惜激而不广，干青云而直上之意未见也。庚辰五月，楞伽山民。

又蓝笔题诗云：

精玉两呈人各见，鱼熊兼爱性难[1]同。光芒太露缘何事，未免胸怀欠抱冲。　民又书。

《自写真题记》上亦有眉批两则，不具录。《画马题记》卷末朱笔题曰：

为人学问，不宜愤激，不宜炫耀，冬心先生才气虽优，德器终不足也，惜哉。楞伽山民。

又蓝笔题曰：

冬心题画诸诗皆不见佳。

案：香禅是潘钟瑞，楞伽则顾氏也，所评虽严切，然亦深中冬心之病。《画钟进士像题记》序后亦有识语，墨笔云：

曩余游鄂渚，值丁丑端午，曾以素纸乞笈甫先生画钟进士像，未得也。去年闰春复往，笈甫见余即言负君债未还，余因索之，遂出戊寅端午

【锺校】

①“难”原作“鸡”。

所画壹帧携归，刚及端午，悬诸斋壁。今又逢端午，而笈甫下世已数月矣。重展画幅，又诵斯编，辄忆老馗needs醉奋笔时也。庚辰五月七日，香禅记。

又朱笔云：

笈甫先生不得意，画出终葵吓小鬼，题诗无乃太疏豪，棱伽山民为嘘唏。先生海盐人，大才不售，在湖北阃幕，奉事主稿，豪于诗酒，年五十馀而卒矣。

据此可知王氏卒于光绪庚辰，唯云海盐人而不确，题记自署古盐官，实为海宁州也。卷中有眉批五处，其一云：

诗意极是，而诗之旨终不是，言尽意穷，失之于薄，才大量狭故也。

末蓝笔总批云：

此公才气比冬心开阔，然器量亦狭。

所评大旨亦不差，唯此本笔墨游戏，自然语多尖新或涉排调，如欲以温柔敦厚相期，未免失之太高。题记第一则为张樵野作，原本小注云：

图中古木槎枒，霜叶半脱，老馗倒戴纱帽，沉醉不能步，张天师星冠象笏，掖之而行。一小鬼于路侧屈半膝，持手板作通谒状。下临深潭，潭中月影与天际光相射。

第十二则为芝舫作，小注云：

图中石床一，竹炉旁设茶具，一鬼汲水，一鬼持扇[①]。老馗反袂侧立，作凝睇状，背有小鬼提酒壶，戟手揶揄之，山径转处，两鬼扛一竹篮，红签标题八分书四字云，六安春茗。

又第十四则画作年少钟馗图，第十八则作柳岸纳凉图，具旖旎风流之致，记云：

虬须飘然，梨涡夹侍，老子于此，兴复不浅矣。

观此诸例，可以想见图之一斑，题诗在上头，那得不嬉笑怒骂耶。

王笈甫著作不知有几种，寒斋所得此外只有《游蜀纪程》上下二卷，有时乃风序及自序，鲍瑞骏等六人题辞，时氏序署庚午，盖同治九年刻也。书记同治八年七月随李鸿章由湖北入四川，十月仍回武昌，棱伽[②]山民所云阔幕，盖即指此。记文清丽可诵，如记七月初六日事云：

初六日晴，好风送帆，百二十里。帅舟峨

【锺校】

①“扇”原作“扁”。

②“棱伽”原作“枷棱”。

峨，胶于浅沙，百夫推挽，江潮上迎，天人交助仅而得达。抵老鹳嘴，日暮遂泊。侧有木筏，修广盈亩，茅茨鳞比，俨如江村，试登其上，匠方锯材，邪许之声，与波相答。

我常觉得用八大家的古文写景抒情，多苦不足，即不浮滑，亦缺细致，或有杂用骈文句法者，不必对偶，而情趣自佳，近人日记游记中常有之。其实这也是古已有之，六朝的散文多如此写法，那时译佛经的人用的亦是这种文体，其佳处为有目所共见，唯自韩退之起衰之后，文章重声调而轻色泽，乃渐变为枯燥，如桐城派之游山记其写法几乎如春秋之简略了。《游蜀纪程》本不是大著，不过因为是王笈甫之作，所以收得，文章也只是带便说及而已。

潘介繁字椒坡，曾得其所著《晓梦春红词》一卷，有吴嘉淦、许赓飏二序，许序署同治己巳，或即是刻书之年，盖在刻《冬心题画记》之三年前也。

（民国壬午年十月二十八日）

勤艺堂题跋抄

近来买几册旧书闲看，常遇到勤艺堂邹氏藏本，起初不大注意，但其书多有题跋，觉得颇有意思，因汇抄在一起，聊为邹君略留鸿泥之迹而已。

（一）《梦忆》

《梦忆》八卷，张岱著，道光壬午王见大第二次刊巾箱本。《梦忆》向来有一卷本，乾隆乙未金忠淳刻入《砚云甲编》，光绪初年有《申报》馆铅印本，又八卷本乾隆甲寅王见大刻，咸丰壬子伍崇曜据以刻入《粤雅堂丛书》，若王氏第二次刊本则未之前闻，唯《复堂日记》卷三所云，癸酉春间在娱园见王见大所刻甚工雅，或即指此书亦未可知。书四册，卷首白文印曰“邹氏家藏”，朱文曰“师竹楼主人珍藏”，每卷第一叶下朱文印曰“丽生存淦”，第四册七八两卷系手抄本，末有题跋云：

家藏《梦忆》五册，计八卷，山阴张岱撰，前有王文诰序。咸丰庚辛之间避乱官家坝，失去七八两卷，兹借得南海伍氏《粤雅堂丛书》本录补之，并录《砚云甲编》所载序文及伍崇曜跋，以资考证。据崇曜所见本每条具缀纯生氏云云，且每卷直题王文诰编，而此本无之，伍氏又冠以“陶庵”二字，而此本惟题“梦忆”，意者崇曜所据以刻入丛书者别是后人所重刻者，此则确为王氏原本无疑也。李敏达公《西湖志》载先生尚有《西湖梦寻》五卷，惜未见。光绪己卯十一月，海宁三百有六甲子老人邹存淦俪笙氏识于杭州白莲花寺前之勤艺堂。

白文印曰“邹存淦印”，朱文曰“俪笙”。

（二）《西江诗话》

《西江诗话》十二卷，裘君弘辑，康熙时妙贯堂刊本。《西江诗话》前已得一部，并附有《妙贯堂馀谭》六卷，唯印工纸张均不及此本，故重复收得之。卷首有白文印曰“杭州邹存淦鉴藏书画之章”，朱文曰“勤艺堂邹氏藏书记”，“邹俪笙读书印”，末有跋二，其一云：

先王父星桥公极爱书，虽零缣只字，断卷残

编，宝之不啻拱璧。予自束发受书，即亦爱先王父之所爱，粤匪未扰浙[1]西前，尝会计所藏卷至一万有馀，亦云富矣，及贼来半遭窃攘，半付劫灰，所留者仅寄存村舍十分中之一二耳。此书系在山阴斗门市购得者，前有高禹泉先生题字，禹泉为斗门先哲，有能书名。予深惜家藏之书保之不能及身，虽爱之如命，奈金尽床头，未必能如前积聚，而又叹高先生之书不能保及子孙，披览之馀，不禁泪随言下，因即泚笔记之。同治五年丙寅长至日，海宁邹存淦俪笙氏识于山阴客居所居堂。

朱文印曰"俪笙"，偏左又一朱文大印曰"客居所居堂印"。其二云：

《西江诗话》十二卷，新建裘君弘著，略仿《全唐诗话》例，而留意梓桑，亦诗话中之卓绝者。乾隆间访遗书，凡涉逊国事，立论舛谬及语句有违碍者，皆在禁毁之列，是书卷十内黎祖功髻山诗，"我颈不屈如老鹤，我发已剪如秃鸽"句似触碍，又书内有钱谦益名，亦为江西巡抚郝公查禁，然所禁惟此两句，似不应听其湮没不

【锺校】

① "浙"原作"淅"。

传。溯自丙寅以后，十八年来积聚之书约得一万八千馀卷，新刊十之七，旧板仅十之三，市上失传之本则百中无一，此书或可首屈一指，吉光片羽，尚足宝贵，况全书乎。兹复重加面页，将第三卷蛀洞修补完整，储诸箧衍，后之人其保之。光绪十年甲申立冬前二日，海宁三百三十有五甲子老人邹存淦重识于杭州勤艺堂。

印二如《梦忆》跋。高禹泉题字今不存，想是写在书面上，政邹君重加面页以保护之，其后殆均已失去矣。

（三）《兼本杂录》

《兼本杂录》原订一厚册，目录下朱文印曰，"邹俪笙读书印"，"勤艺堂邹氏藏书记"，卷一首页白文印曰，"邹氏家藏"。末有跋云：

右《兼本杂录》四卷，毛西河先生奇龄撰，书名下有"艾堂辑阅"四小字，艾堂不知何人，所存仅传二卷，碑记志铭各一卷，前有目录适满一页，其只此四卷，抑尚有别种，均未知。是书板式与《西河全集》同，确系当时毛氏刻本，惟全集中未载，盖由集辑录之本，原不妨别行也。惜卷端已被鼠啮，三四两卷边上字亦失去。予于同治庚午挈眷回杭时得于清河坊之旧货摊头，为之整理一过，欲补缺字未能也，今又为蠹所蚀，复折补之。案：西河所撰《四书改错》及《四书正事括略》今通行本皆未载入，不仅此书也，所足重者，此板久亡，似已无第二本传于世耳。补成，略述数行于后。时光绪戊戌①冬至后十日，海宁邹存淦俪笙氏识于杭州寓舍之勤艺堂，时年政七十。

印如前。

（四）《西湖柳枝词》

《西湖柳枝词》五卷，嘉庆辛酉刊，前有阮伯元、王述庵二序。序后空白页有邹氏题云：

西子湖边烟树昏，空城穴蚁阵云屯。
钱唐世世无兵燹，冲晦之言奚足论。
读罢乾嘉绝妙辞，感时怀旧几人知。
愿教重享承平福，去作西湖泣柳诗。

咸丰辛酉避乱山阴，得王兰泉先生主敷文书院时所辑《西湖柳枝词》五卷，时粤匪窜杭，兵戈载道，读之不胜今昔之感，因附题两绝句于

【锺校】

①“戌”原作“戍”。

后。海宁后学邹存淦谨识。

朱文印曰“俪笙”。卷一首页白文印曰“俪笙珍藏”，朱文曰“勤艺堂邹氏藏书记”，卷末白文印曰“俪笙复阅”。

(五)《茹古斋诗文抄》

《茹古斋诗抄》一卷，《文抄》二卷，张复著，邹氏手抄本。卷首有边浴礼序，阮伯元题辞，吴清鹏题诗，高炳麐撰传，谭复堂赞。邹君所作别传，称其精太乙数，知未来事，语多神奇。《诗抄》后记云：

> 甲子秋分前三日，借山阴金氏藏本抄。光绪戊寅初夏，重录一过。俪笙记。

似其原本在山阴也。《文抄》卷上后记云：

> 同治甲子八月，海宁邹存淦手抄于山阴斗门镇之客居所居堂。光绪戊寅四月，次儿维祺误用以褙书，幸未散弃，惟《答马元伯书》磨灭五六字，因复重抄一过。予年才五十，视已茫茫，两手又患风气，故不复能端楷云。四月廿七日，俪笙志于杭州白莲花寺前勤艺堂。

(六)《怪吟杂录》

《怪吟杂录》二卷，蔡绍周著，邹氏手抄本，蓝格直行稿纸，中缝下有字一行曰“师竹友兰室抄”，盖即是师竹庐所专用也。卷首有白文印曰“邹氏家藏”，前为王闻、张应桂二人题辞，嘉庆甲子自序，署名“土桥一怪”。末有跋云：

> 蔡藕船《怪吟杂录》二卷，兵燹后板已不存，次儿璟得之友人案头，因借录出，以娱暇日，惜卷尾各缺，无从补全为可憾耳。是书与吾乡郭雪帆先生《捧腹集》后先称同调，滑稽玩世，有东方曼倩之风，似出寒山拾得上，是耶否耶，读之者当有以辨之。光绪八年壬午十月望前九日，海宁三百二十有三甲子老人邹存淦俪笙甫识于杭州勤艺堂之南窗。

印文同《梦忆》跋。案：《捧腹集》诗抄一卷，海宁郭尧臣著，光绪丁丑啸园葛氏刊，为《闲情小录》八种之一，葛理斋序称为同人所著，然则郭雪帆当是同光时人，与蔡藕船相去约有五十年，若以诗论则不得不许后来居上耳。

（七）《修川小志》

《修川小志》一册不分卷，邹存淦著，原稿本。卷首朱文印曰“勤艺堂邹氏藏书记”，有同治丙寅陈敦彬序，丁卯姚夔序，内分河道、桥梁等十四目，目后有记云：

长安镇一名修川，海宁州西北之一隅也，四面无山，方广仅五六里，语焉而详，所见亦小矣。然古人穷愁著书，各有见地，予生于是乡，自非穷愁，曷尝留心于此。

后山曰，士大夫见天下不平事，不可懔不平之意。予固非不平而鸣者，况布衣而非士大夫乎。尝记辛酉秋红羊劫至，一镇之人不克保其乡土，携老挈幼，奔走苍皇，幸而获全，已无所归矣。嗟乎，昔之画栋连云，今则荒烟蔓草，抚今追昔，能不依依，因表其所见所闻，以类分隶之，修川之典故略云备矣。知我罪我，俟之后之君子。同治甲子新秋，海宁长安里人邹存淦述。

末又有跋云：

《修川小志》一卷，辑于山阴斗门镇，当避乱之时，怀古思乡，情有不能自已者，惜艺文一册已付劫灰，不能复称全璧①。

第修川向无志书，李梁两先生所辑又复不存，虽后之学者自能超越前辈，知所未知，亦宜略存梗概，以备考究，故于暇日重录一过，付儿

【锺校】

①“璧”原作“壁”。

辈藏之。光绪五年冬十月之吉，三百有五甲子老人邹存淦俪[1]笙氏识。

印文同前，所用亦是师竹友兰室纸，与《怪吟杂录》相同。庙祀类中记金龙四大王庙，书眉有附签，引《矩斋杂记》，文凡七行，末署“男寿祺谨补”。据此乃知邹君即是邹适庐之先德，觉得亦是一新发见也。邹适庐原[2]名寿祺，光绪己丑举人，后因得一汉铜印，乃改名从之曰“邹安”，民国初年在仓圣明智大学，从姬觉弥编刊书报，即用此名，其题记文字时有疵累，亡友饼斋常引为谈助。勤艺堂著作惜不得多见，《修川小志》虽只是地志小册，似甚为著者所珍惜，亦竟未得刊行，广仓学窘盖亦不能赏识也。丁丑战后江浙故家书物多散出，杭州书店[3]目录上且列有《适庐日记》多种，可以想见。鄙人所收有勤艺堂题记之书只此数册，此外无可访求，念之怅怅。唯劫火之馀，金石消铄，尚能有此诸书落吾手中，不可谓非大幸，此正亦值得记念者也。

（民国三十一年[4]七月二十八日，记于北京）

【锺校】

①“俪”原作“俪”。

②“原”原作“未”。

③“杭州书店”原作“杭书州店”。

④“年”原作“日”。

【附记】 寒斋所收勤艺堂藏本尚有《钝吟文稿》及《杂录》《武陵山人遗书》《清谷文抄》《书契原恉》等，因无题记，今从略。又饼斋曾对太炎先生谈邹适庐事，先生笑曰，景叔是我同门，盖亦是曲园先生门人也。

名人书简抄存

甲　李越缦家书

（一）与四妹书

四妹平安如晤：

八月五日僧寿到京，一切平安。在此将近一月，与灏斋、僧宝朝夕聚处，甚觉相安。僧喜兄弟怡怡，同居一室，彼此交勉，颇肯读书，妹与少奶奶俱可放心也。灏斋以明日赴天津，即令高升随之，到津以后便航海南归，已给盘川二十元，（旁注：由僧寿给发。）赏以银三两，京钱十二千，亦可敷衍矣。妹独立支持门户，甚为辛苦，宜小将养，略略点补，身子最为要紧，切不可过惜钱物。僧寿新妇年少循谨，喜于侍奉，亦甚可喜，妹亦当格外怜爱之也。兹寄上蜜枣一匣，妹可暂为早晚点心。又顶花一朵，小圆花五朵，送僧寿新妇。兄七月廿二日忽然痰厥，一二时不能言语，似近中风，幸调养渐愈，昨赴安徽馆音乐筵席，坠马被跌，尚无伤损，然年老人究不可恃也。外有羔皮磨本缎女袄，连平金挽袖，送小姑太太，为琴姑添奁；圆头扎珠花一朵，边花一对，送二姑太太，为荷姑代针黹；俱交高升带回，望妹分送。琴姑所要包金首饰，俟月底托东浦金庶吾太守带回，馀不一一，即问阃安。

兄慈顿首，九月二日

（白文印曰“李慈铭字悉伯”）

（二）与僧喜书

我自入闱，伤风渐愈，两日来惟苦咳嗽，夜间尤甚，至达旦不寐。（旁注：在至公堂东头，与海都统前后居，与褚侍御对屋居，乃乡试满监临所居之地，一切点名封门多褚[1]侍御偏劳。）闱中一列尚顺，供给每日两顿，四盘四碗，点心两巡，俱尚丰美。我因忌油腻，故自营馔，兰厨子尚能烹饪得法，林儿伏侍亦能小心。昨已考毕，并无公事，惟俟初三日覆试点名后即可出场，是日须令车马一早来接。（旁注：亦不必太早。）今日咯血一口，家中桂圆西洋参可送一团。

【锺校】

① 此处原衍“偏”字，已删。

(旁注：并带现钱二串来，即交去人。）僧喜吾儿知悉。

十月廿九日灯下，越缦老人手书。

乙　潘伯寅与李越缦书

（一）

手教敬悉，费神极矣，容细读再行申谢。尊体已康复，甚念甚念，伏维珍卫。爱伯仁兄大人，弟荫顿首。敬使十千。

（二）

外一册，祈于九月前捉刀一文，彼不甚知文字也。又一册，乞赐题，不拘何时掷还可耳。爱翁仁兄大人，荫顿首。

（三）

承为捉刀，感谢之极。敬呈龙井四瓶，伏乞哂纳。敬上爱翁仁兄大人，荫顿首。

（四）

画二幅乞赐题（旁注：各题一诗），家君五月初旬寿辰，以备家宴时张挂也，语祈吉祥字为感，渎神容面谢。敬上爱伯仁兄，荫顿首。

(五)

《莲士集》印来十部，先送呈。昨临钟读了如箝在口，真闷闷也，兄有所释，尚祈示及。腹疾尚未走谢为歉。爱伯仁兄大人，荫顿首。

(六)

画诗及看，无以为报，再赠龙井四瓶，今年当不缺矣。此谢，爱伯仁兄，荫顿首。

家君现服徐君药，并按摩，尚未愈，知念附及。家君不欲服他人药也。十五。

(七)

家君尚未愈，仍服亚陶药，并延人按摩，承念谢谢。敬复爱翁仁兄大人，荫顿首。

(八)

一文数诗，乞为改之，勿改其韵，乃和人诗也，费神之至。爱伯仁兄大人，弟荫顿首。

挽诗可并韵改之。第一首语语实事也。

（九）

日记及谢山诗奉缴。谢山诗庚申失于淀园，何鄞人不为重刻也。此致爱伯仁兄大人，荫顿首。

（十）

日记遵命交若农，霞川词呈缴。大集及小志剞劂之事，一千日中弟当任之。骊歌在即，能无惘惘。明日午前后走谈，不尽。敬上莼客仁兄大人，荫顿首。

（十一）

新词直是井华水上人句，贱子附名以传，幸矣。月杪月初拟续极乐之游，容再布闻。敬上莼客仁兄大人，荫顿首。

（十二）

先祖文集二分奉上（旁注：匆匆尚未细校），一赠肯甫兄，又一书一帖奉赠。闻兄有庄珍艺先生遗书，欲借观，归来奉缴如何。此上爱伯仁兄大人，荫顿首。

（十三）

（上缺）刻少分拨清楚再复。林所著《三礼通释》系其业师所著，据为己有，进呈后其业师之子欲揭告，为人劝阻乃止，此敝师陈颂南师之言也。书若要看，容再送。爱伯仁兄大人。弟荫顿首。

（十四）

《逃虚类稿》及分宜贵阳怀宁三相国尺牍奉阅。圆海仅在黄得功军中拜东阁之命一日耳，次日则福王被获矣，其福气最差也。若分宜之福，似尚在元长之上，以为如何。（旁注：不如会之远甚，福自以史卫王为最。）莼客仁兄大人，荫顿首。

（十五）

孙子宜来当恭候，过申刻后则睡矣。丛书无钱未印，《洗冤录》奉去二部。警石书未到，亦未见，不知其故何以刻也。其何以刻何不问之？爱伯仁兄大人，荫顿首。

（十六）

子宜适来（旁注：十八九日或来见乎），令人对之惘然，几为陨涕。然念及珊士，尤令人怆恨，莲士之福不已多乎。病惫日甚，草此奉致爱伯尊兄大人，弟荫顿首。

(十七)

贱恙总未愈，仍时作痛，不能多行步，承念并惠豕肩，谢谢。忌口月馀，于此味最宜也，感荷感荷。此上爱伯仁兄大人，弟荫顿首。

(十八)

鹅卵豕肩奉赠。日来病作生涯，颓唐益甚，除勉强入直外，人事尽废，已三年矣，如何如何。越缦仁兄大人，荫顿首。（方印白文有边，似是“无有好处”四字。）

(十九)

弟因去年陵差未完，于明日请训起行，初一归。归来再述一切，现在收拾行李，匆匆不多赘。越缦仁兄大人会状，荫顿首。（大方印，白文曰“丹枫草阁”。）

赐果狸，谢甚，无人能制之，以移奉袁小午矣，彼有佳庖也，惜弟即行，并不得食耳。

（二十）

越缦仁兄大人阁下，承惠食珍佳酝，故人雅意，何敢却之，敬领谢谢，并敬呈家君也。清况为之浩叹，同病相怜，可笑，早晚即为兄筹之也。敬谢，即颂年安，弟荫顿首，二十八。

（二一）

刻因惠陵奉安，演龙辅车始归也。来示未复，诗已转呈。家君小愈，尚未十分轻减。菲敬二十四金乞收。（夹行）今年竟无馈岁者，二十八九如稍可为筹，必筹之也。爱翁仁兄，荫顿首。

（二二）

有门人来，薄有所赠，敬以奉贻，聊佐赏花载酒之一局，知不足当一笑也。幸勿掷还。此致爱伯仁兄大人，弟荫顿首。（白文印曰“丹枫草阁”。）

（二三）

菲敬十二金奉呈，勿哂其棉薄也。肯夫近通信否，能宽为资助否？清况固无时不在念耳。旧疾频发，兼苦头风，委顿之至。越缦尊兄大人，弟荫顿首。

（二四）

来示具悉。即刻赴天坛，明日子刻将事去矣。新年来尚未得眠，其他可知，秋间决计引疾去矣。越缦仁兄，荫顿首。

（二五）

自正月初二即到署，至今无一日不在署。疑难案件纷至沓来，去年一年结七百七十五案，其如划尽还生，芜于秋草。兹有奉求之事，能否见允，不胜铭感。敬上爱伯仁兄大人，弟荫顿首。

（二六）

手书具悉。弟并无不见之客，若其过申[1]正则已睡，至每日入直，不能在家候客（旁注：亦无不入直之日），当亦共知之也。始归，即复莼客仁兄，弟期荫顿首。（白文印曰："云自无心水自闲"。）

（二七）

手示敬悉。弟前以目疾肿痛乞假，是以来客不能

【锺校】

①"申"原作"中"。

见也。今以沟渠工已销[1]假（旁注：尚未全愈[2]，是以字迹潦草），来者在寓则必见，过今明二日，恐当奔走沟渠间，不知何日了也。（旁注：计共百五十五处，且与敬少宗伯同行也。）敬复爱伯仁兄大人，期荫顿首。

【附记】 去年秋天偶从杭州书店得会稽李氏藏书简三十三纸，整理之乃越缦老人家书两通，潘伯寅书廿七通，据云郑盦字不值钱，故此二十九纸较四纸家书为廉，才及三与四之比耳。夜坐无事，因录出之。潘书无年月，姑以内容略为次第。李书皆系月日，但查《荀[3]学斋日记》十集，自光绪己卯至己丑凡十一年，不见记事，或当在为樊山所没收的数册中耶。家书之一详语气疑是致其夫人者，唯日记中曾有寄二妹或三妹书之语，亦未敢定，姑如文录之。潘书大抵寥寥数语，虽只是平常的小简，而即此可以窥见二人交际情形之一斑，不失为有趣味的资料。《越缦堂日记》“己卯四月初五日”条下云，得伯寅宫保书，其后录有答

【锺校】

①“销”原作“锁”。
② 原无“愈”字，今增。
③“荀”原作“苟”。

书，中云，又叹《鲒埼亭诗》甬上无人为之重刻，此与潘书第九所言相合，可以考见时日。又记四月二十九日上谕，以工部尚书潘祖荫为刑部尚书，由是可以推知第二五书当作于庚辰辛巳，而第二七书或是任工尚时所作欤。如能细查日记，必有许多材料，可相印证，惜无此馀闲，念之怅怅。又有潘伯寅致吴仲怿书，凡百十馀纸，多谈金石，亦颇可喜，当俟有暇再抄录也。

民国壬午小寒日，药堂记。

名人书简抄存二

甲补　李越缦家书

（一）寄内子书

大姊大人妆次，春中别后，瞬忽岁阑，旅人思家，触物皆是。燕台风雪，□市尘沙，有泪思乡，无钱买醉，故园爆竹，老屋灯花，客路三千，一夕数梦，辗转愁叹，不知所云。近惟大姊侍奉顺欢，起居多福，诸慰远廑。弟才命不济，窃臭资郎，黄榜看人，青衫作客，冀以厕名曹署，滥迹省台，虽未得宫花传笑，绫饼归遗，而节省月入例钱，食粟之外，当上佐菽水，下营荆布，更俺年劳，得一小郡，东山掩口，粗足相酬，何意跬步遂至蹉跌，长安冗食，竟成废人。爰以友朋推诿，改计外僚，拟于明春负弩闽峤，时会多艰，风波翻覆，此中窒碍正难预计，亦复笔不能述也。家书频烦，言之已悉，亮大姊亦所备闻，惟是吾家今年光景当益萧寥，大姊孤岑艰苦，自不待问。所愿善事高堂，勤恳小心，以蕲无过。我母耆年劳勚，菜菹絮缊，所不忍言，弟营养未遂，念辄心刺，大姊当能体之。僧慧堕褓，连失怙恃，婴幼之惨，无及是儿，比来语笑，当益解事，弟身悬天末，无日不眷眷在怀，当益加抚以速长成。诸妹和悦，无间纤言，共习操作，以佚老母。我家虽不能臧获颐指，衣食称心，然无过烦攟涤瀡，便称厥职，以视入浣牏厕，出采薪梠，固亦妇道之常，处贫之正也。弟如已就闽吏，稍给絮粮，版舆迎后，即当鹿车继迓，擘荔传柑，共乐寿母，苦尽得甘，亦非奢幸。至弟夙素僻冷，形迹之间大姊或有他虑，顾茂陵待聘，雅志不讳，然谓元英既得，即当金钗别饷，白头永吟，无良之愆，抑何相薄。弟与大姊内外兄弟，俱育于祖母，天性所属，匪人能离，又自作宾我家，累靓忧患，复能委宛相顺，潇淡自甘，巾栉羹饴，俱劳过手，弟受人小惠，誓报终身，岂于大姊而不刻肌铭恩，镂臀誓爱，徒以处境屯郁，未能沥陈隐私，空言期答耳。弟于老母事事仰给，无异孩稚，而寝门周旋，稍有所咈，辄至勃忤，形于辞貌，吾长妹次妹俱备极婉顺，长妹事姊尤周至尽心，迄今时节归宁，犹必谨视食饮，依依于予，然予有不乐，辄作色相向，此皆大姊所亲见，亦可以谅弟之偏戾性成，非有轻重矣。弟离家十阅朔望，每作家书，辄拟附信相闻，而意绪纷杂，未知次词，握笔复阅，几至五六，今夜稍暇，容略陈本末，以备一审。弟年逾三十，侵寻早衰，桃叶之约，杳然天际，故虽德非许允，才谢挺之，然绣佛炉烟，同龛清绝，未尝凤台别眷，鸾镜笑人，固犹愈于千日倡家，十年荡子矣。即今春西邻一议，虽云加以副笄，迎之贰室，而洛浦生波，巫云散雨，终成挥忽，徒贻笑嘲，足见弟与大姊，无着天亲，同修净果，落花襟上，证佛眉边，此亦鸳牒之三生，闺房之净劫，正不同盛德恐伤，老奴避见也。年年伏腊，初尝别离，想对烛愁妆，照觥羞鬓，此时相忆，定复为劳。况乃驿梅不来，萱草焉树，碧云修怨，黄尘短缄，至于孤邸酒醒，夜窗惨淡，霜浓月苦，万籁刁萧，便觉咫尺之处已非人境，画灰商陆，能不凄然。颇拟星夜策蹇驴，踏驶浪，一看岁盘节物，而车轮生角，百计留人，唯屈指杨柳花时，当得税装锦瑟之堂，洗尘镜台之侧，秦楼百尺，春水一帆，蛛丝鹊声，先以为慰。弟身子强健，餐饭加倍，客邸安暇，随时自卫，勿念。

（二）戏拟六朝人与妇书

春骊载秣，岁鼓俄阑，旅人思家，触物增感。长安风雪，燕市尘沙，有泪思乡，无钱买醉，故园爆竹，老屋灯花，客路三千，一夕数梦，辗转愁叹，不知所云。吾以命不偶时，才非适俗，青衫逐队，黄榜看人，冀以谐价鸿都，窃臭郎署，虽未得宫花博笑，绫饼归遗，而节省月入例钱，食粟之外，当上佐菽水，下营荆布，更俛年劳，得一小郡，东山掩口，粗足相酬，何意跬步遂自蹉跌。爰以友朋敦劝，改计外僚，拟于明春负弩闽峤，时会多艰，风波翻覆，此中窒碍正难预计，亦复笔不能述也。家书频烦，言之已悉，所愿和洽娣姒，善事高堂，勤恳小心，以蕲无过。我家虽不能臧获颐指，衣食称心，然无过烦搁涤瀡，便称厥职，以视入瀚牏厕，出采薪枱，固亦妇道之常，处贫之正也。吾年逾三十，侵寻早衰，乏猓婢之恭心，眄胡奴之遥集，蓄环卜篮，雅志非诬，然所谓阿杜既来，金钗别饷，茂陵有聘，白头永吟，无良之嗟，抑何相薄。汝作宾我家，并无过衅，虽有阿承之谑，未闻武达之书，况桃叶之迎，杳然天际，故德非许允，事异高柔，而经卷香炉，同龛清绝，未尝风台别眷，鸾镜笑人，固犹愈于千日倡家，十年荡子矣。即今春西邻一议，虽云假以副笄，迎之贰室，而洛浦生波，巫云散雨，终成挥忽，徒贻笑嘲，可知无着天亲，同修净果，落花襟上，证佛眉边，此亦鸳牒之三生，闺房之净劫也。驿梅不来，谖草焉树，碧云修怨，黄尘短缄，想越水千帆，秦楼百尺，常劳望远，伫忆鲜欢，报语平安，书不尽意。

【附记】 右第一书见抄本《越缦堂书牍》中，全本共计二十五首，此为第四，其前有京邸寒夜与仲弟书，小注曰“己未”，后则为庚申正月五日致胡园诸兄弟书。查《越缦堂日记补》，己集己未十二月十二日及庚集庚申正月初五日下录存二书，而与内子书则无有，十二日项下但记一句曰，作致内子书不成。庚集之末录有《戏拟与妇书》，小注云“是年正月二日”，下又另注云，“此文不必刻”。因此可知此书初未写成，二十日后乃始完稿，日记所录者当系删定本，第一书乃是原信，但不知抄者从何处得来，而细看却又决非赝作，盖文词可以模拟，若书中所陈事实乃必不能伪造也。案：《日记补》己集己未三月初二日项下有云，“予生三十未有子，娶妇马已十八年，鹍弦不调，谱翻朝雉，鹣帐无侣，若悬鳏鱼，长斋莫窥，行唱乏和，德谢许允，久绝桓郎之言，痴如文将，偏俪阿恒之僻。”越缦与其夫人盖是姑表姊妹，李君生于道光己丑，马夫人则是甲申，当长五岁，结婚生活殊不甚圆满，观日记及书信语可知，旧日女子失意多逃于禅，长斋礼佛以终其生，此亦其一也。《荀学斋日记》壬集下，戊子四月廿八日记马夫人午刻属圹，年六十有五，越缦老人亦已六十矣。书中称曰“大姊”，可知前此所录家书致四妹者系别一人，唯越缦文中常称吾家三妹，又《日记补》己集末附录三代忌日记，后列记家人生辰，亦只有长次三妹三人，无四妹之称，或是从妹，越缦晚年为在家中代司家政者乎。越缦此二书盖是故意为文，故文辞华赡，而情意诚恳反不及前录，且其用意无非为纳妾辩解，其夫妇之间本已冷落，今又谈此事，宜其益见支绌矣。《越缦堂日记》中所存尺牍，已有人辑录，刊入文集中，《日记补》后出，其中各文均未收入，此第一书则并未入日记，兹特为集录付刊，想当为留意越缦文字者所乐观者欤。

民国癸未雨水节，即旧历上元，记于北京。

图书在版编目(CIP)数据

药堂杂文/周作人著作;锺叔河编订. —长沙:岳麓书社,2020.10
ISBN 978-7-5538-1219-9

Ⅰ. ①药… Ⅱ. ①周…②锺… Ⅲ. ①杂文集—中国—现代
Ⅳ. ①I266.1

中国版本图书馆 CIP 数据核字(2019)第 284642 号

YAOTANG ZAWEN
药堂杂文

周作人著作　锺叔河编订
特约编辑:鄢　琨
责任编辑:蒋　浩
责任校对:舒　舍
书籍设计:风格八号

岳麓书社出版发行
地址:湖南省长沙市爱民路 47 号
直销电话:0731-88804152　0731-88885616
邮编:410006

版次:2020 年 10 月第 1 版
印次:2020 年 10 月第 1 次印刷
开本:787mm×1092mm　1/32
印张:7.125
字数:110 千字
印数:1—6 000
ISBN 978-7-5538-1219-9
定价:26.00 元

承印:长沙鸿发印务实业有限公司

如有印装质量问题,请与本社印务部联系
电话:0731-88884129